AS FÊMEAS

MARCELO RUBENS PAIVA

AS FÊMEAS

Copyright © 2006 Marcelo Rubens Paiva

Todos os direitos desta edição reservados à
EDITORA OBJETIVA LTDA. Rua Cosme Velho, 103
Rio de Janeiro — RJ — CEP: 22241-090
Tel.: (21) 2199-7824 — Fax: (21) 2199-7825
www.objetiva.com.br

Capa
warrakloureiro

Revisão
Damião Nascimento
Tereza da Rocha
Rosy Lamas

Editoração Eletrônica
Abreu's System Ltda.

CIP-BRASIL. CATALOGAÇÃO-NA-FONTE
SINDICATO NACIONAL DOS EDITORES DE LIVROS, RJ.

P169f
      Paiva, Marcelo Rubens
        As fêmeas / Marcelo Rubens Paiva. - Rio de Janeiro : Objetiva,
      2007.

        148p.   ISBN 978-85-7302-856-0
        Crônicas publicadas entre 1991 e 1994, no jornal Folha de S. Paulo

        1. Crônica brasileira. I. Título.

    07-1286   CDD 869.98
                                  CDU 821.134.3(81)-8

Este livro contém crônicas publicadas entre 1991 e 1994, no jornal *Folha de S. Paulo*.

ALGAZARRA DAS FÊMEAS
DIVERTE INSONES

Insônia. Agora, três da manhã. Deitei, tentei e levantei. Você dorme profundamente. Que inveja. Penso em estourar um rojão de 24 tiros e acordá-lo. Penso em gritar pela janela: "Ei, São Paulo! Tem alguém aí?" Silêncio. Escuto. Os gatos. É nessa hora que começam. Nunca vi um casal se amando. Não se vêem gatos se amando. Mas seus gritos visitam as noites, excitam. No início, um choro de bebê, mas o pau come, fêmea violenta que, dizem, surra seus machos após o coito.

Me sinto sozinho. Os gatos se amam. Gatos se amam? Poderia entrar num carro e rodar por aí, puxar assunto com as putas de rua, que são frias e medrosas, e estão à caça, ganhando o pão, garotas novas, filhas da noite, do camburão ameaçador, do gigolô viciado em crack. É uma digressão me aproximar e desabafar. Estão só à caça, ponto, parágrafo.

Tive um colega de faculdade que morava na Augusta sobre um bar-padaria suspeito, fachada para tráfico de pó e de putas. Antes de dormir, costumava tomar uma cerveja e olhar o movimento. Numa noite, a puta "xis" discutia com um freguês, que passou a agredi-la. Deu cinco minutos, meu colega se levantou e a defendeu, expulsando o inoportuno do bar. Pra quê? Foi adotado.

A menina o convidou para ser seu gigolô. "Não, sou um estudante da USP, futuro profissional liberal. Não convém ser um gigolô" — ele não disse, mas seria sua resposta se a honestidade fosse um hábito. Inventou uma desculpa qualquer que não colou. A menina descobriu que ele morava em cima da padaria e passou a deixar uma parte dos seus ganhos debaixo da porta.

Ele procurava devolver a grana. "Mas você é o meu homem, merece o dinheiro." O que fazer? A universidade não tem respostas para situações triviais. Nada. Nascimento, vida e morte: três experiências literárias das quais de duas, nascimento e morte, não temos memória. Que tipo de domínio se tem sobre a vida? Não completamente. Existem situações para as quais somos empurrados. Gatos... O uspiano estava destinado a ser um gigolô. E não de uma puta, apenas. Ela tinha colegas. Meninas carentes e desprotegidas, atiradas aos leões da impiedosa noite. "Xis" apresentou suas colegas de abecedário que clamaram por seu serviço. Para encurtar: passou a gigolar cinco meninas. Faturava uma nota preta. Seu apê se transformou no camarim, no descanso, no ninho das "vadias". Viveu o drama de continuar a vida acadêmica ou dedicar-se à carreira de futuro promissor.

Andava pelos corredores da USP abatido, com olheiras, o corpo encurvado e a dúvida. Desabafou quando perguntei se estava doente. Pediu meu conselho. Dei meu conselho: "Larga a vida acadêmica." Mas não. Mudou de casa, abandonou suas meninas, se formou, e a última vez que o vi produzia um programa de televisão idiota, de uma emissora sem audiência. Triste decisão. Arrependeu-se?

MACHOS E FÊMEAS NO SÓ
O AMOR CONSTRÓI

Uma gata de apartamento no cio arrasta-se pelo chão, esbarra contra as paredes, geme como uma torturada pelo próprio corpo, urra quando a noite se prende no céu: quer dar, quer dar. Convide seus amigos mais serenos para um drinque com amendoim, e solte a chaninha entre eles. Ela irá esbarrar nos pés da mesa, morderá cada fio do tapete, olhará para cada convidado, implorará sexo, suplicará atenção, deixando todos com tesão.

E alguém pensando no bem traz um macho. O sabichão, dono das regras e de sete vidas, morderá com força o pescocinho da moça, prenderá seu corpo com as patas e, crau, é rápido, barulhento, selvagem. Depois, a bonança é brindada.

Cadela no cio é sutil e, na hora do vamos ver, mais silenciosa. O macho, com *seu* danado jogo de cintura, faz o serviço sem muito esforço. Depois, ficam presos, cada um para um lado, encarando-nos com um olhar patético, esperando grudados sabe lá quem ou o quê.

O boi tem seu saco esmagado por um alicate. Urra na hora do baque, mas não desmaia. Acorda boi, dorme eunuco. Um dia vira espeto gaúcho. As vacas são bem entendidas. Ficam todas elas lá, no curral, naquela festa, e, de repente, uma sobe em cima da outra. O peão ligadão corre para a casa do administrador e avisa: "Tem vaca no cio, doutor."

E tem moscas grudadas ao redor, dando trombadas no lustre. Tem pombas, nas praças e estátuas, e humanos nas filas de motel, nos quartos com vela e mel, nas praias, no chão, nas pontes e no caminhão. "Quem fica parado é poste, rá-rá-rá!"

Na CNN, uma entrevista com uma dama, que não lembro o nome, autora de um livro, que esqueci o nome, que contém sua grande descoberta: cachorros também amam. Segundo ela, cadelas têm sido estupradas por cachorros cujos donos só visam o lucro do metal vil. Uma cadelinha não deve ser obrigada a ceder seus segredos aos felizardos da mesma raça, só porque são da mesma raça e estão lá para dar uma ninhada de pedigree. Elas têm o direito canino de decisão. Solte-as numa matilha variada, propõe a dama, e elas escolherão seus pares, mesmo que seja o vira-latão do bairro Peixoto. Que lindo! "Só o amor constrói", diria o sábio pequinês.

A BELA TEME A FERA,
MAS A ABRAÇA COMO IRMÃ

Esta história é baseada em fatos reais. Ana S. é uma garota de boa família que entrou para um curso de fotografia, aprendeu a técnica e passou a fotografar a rua. Descobriu, no centro da cidade, menores abandonados, trombadinhas, loucos, bêbados e desocupados. Passou a fotografá-los sem razão aparente; queria atrair para a lente, depois ampliar, um mundo que não conhecia, de que fora privada.

Numa manhã, na Liberdade, viu um mendigo de cócoras penteando os cabelos, ou comendo, ou cagando; ela não sabe ao certo. Mirou a lente e, seguindo os conselhos do seu professor ("Não pensar"), não pensou e tirou a foto. Ana S. viu ele parar, se levantar e vir em sua direção. Segurou firme a bolsa e a máquina. Diabo. Por que segurou firme a bolsa? Ele abriu um sorriso e disse:

— Já que você tirou uma foto minha, o que, aliás, agradeço, eu queria algo em troca.

Ana S. voltou a segurar firme a bolsa.

— Como seria bom se você fechasse os olhos e me visse de outra maneira. Sei que assusto as pessoas; sei, porque todos se afastam de mim. Sei que prefeririam que eu não existisse. Desviam do caminho quando me vêem. Mal falam comigo. Mas você parou, me olhou, e até tirou uma foto. Obrigado. Isso me fez muito bem. Espero que esta foto lhe faça bem, lhe ensine coisas...

Ana S. relaxou.

— Espero que esta foto lhe mostre que as imagens não falam por si. Tudo o que eu te peço é que pense no que pode estar por trás desta foto. E para mim, a lembrança de um abraço me faria bem. Eis o meu pedido. Você tem uma foto minha. Eu queria um abraço. Ficaríamos quites.

Ana S. deu dois passos pra trás. Por que abraçá-la? Ele fede, está sujo, é repugnante. Por que não abraçá-la? Não abraçá-la prova a garota preconceituosa que sou. Mas ali, no meio da rua? Ele abriu um largo sorriso, abriu os braços e esperou com gratidão nos olhos. Ana S. avançou e abriu os braços. Abraçaram-se. Abraçaram-se por muito tempo, de corpo inteiro, como dois irmãos, dois aliados, num corpo só. Até ele sussurrar no ouvido dela:

— Gostooosa!

ALGUMAS TARDES VALEM POR TODAS AS OUTRAS

Ainda não estava nua, e não me lembro se eu já estava, quando perguntei, perguntei, quando seria seu casamento. Sem parar de rir e de dizer que eu era lindo, disse que seria dali a um mês, e que a festa seria uma tremenda festa. Ela estava, depois, sem a camisa, e me lembro de alisar suas costas e perguntar, perguntei, quem iria na festa. Sem parar de me beijar, de beijar meu pescoço, de dizer coisas, muitas coisas, deu a lista dos desconhecidos. Nua, eu me lembro de tocar no seu peito, de ser tocado, de as palavras quase não saírem, quando perguntei, é, engasguei, se eu seria convidado. Só conseguiu dizer, na verdade, sussurrar: "Claro."

Era de tarde, de calor. Já tínhamos nos agarrado na sala, no corredor. Na cama, e me lembro bem, nus, agarrados, e o seu casamento, dali a um mês, e o teto e a cama e ela. Demorávamos. Tínhamos toda a tarde, mas não todo o tempo, para nos devorarmos. Tínhamos aquela tarde, mas ninguém a ninguém. Haveria um casamento. E na primeira vez, sem nem começarmos, mal nos conhecendo, um casamento se desenhava no ar, e fingíamos não o ver.

Sua mão ficou muito tempo em mim, já que só tínhamos uma tarde, aquela uma. Seu peito não podia se encostar no meu, porque tínhamos tempo, e pra quê a pressa. Será que eu vou na festa? "Vai, sim, você vai", ela disse, e desgrudou a boca do meu ombro, do meu peito, e desceu. Nos conhecemos hoje, e você está aqui, prestes a se casar, e eu quero me apaixonar, nesse começo de tarde, quando nada ainda entrou em ninguém, você foi mais longe, foi a primeira a perguntar: "E se eu me apaixonar?"

Você vai se apaixonar, eu vou me apaixonar, e haverá um casamento, e nós vamos estar apaixonados, apesar do casamento, e haverá uma lua-de-mel, uma viagem, talvez, você vai viajar? "Vamos para a Itália. O pai dele nos pagou a viagem. Presente de casamento." Ah, você vai para a Itália, casada, mas apaixonada. Nós nem começamos, e meu pânico... "Você vai para a Itália?!" "Vai ficar quanto tempo?!" "Quando volta?!" "Volta?!" "Vamos ficar uns dois meses. De férias. Minhas primeiras férias em anos..."

"Não vai haver casamento, não é? Dá tempo ainda. Nós já estamos juntos, mesmo sem termos terminado a tarde. Vamos nós viajar, não vamos?" Quando subiu em mim (afinal, terminava a tarde), abriu as pernas, se encaixou, e entrou, se ergueu, me olhou, e antes de ir e vir, de esmagar e me comer, disse: "Eu não quero me casar..."

Mas já era tarde e se casou com toda a pompa. Fui ao casamento sem levar nenhum presente. Conheci o noivo, os desconhecidos, não confessei e não morri. Viajou na sua lua-de-mel. Não sei quantos meses ficou fora. Nunca mais nos vimos. Ficamos só com aquela tarde, há muitos anos, por muitas tardes.

RAPIDEZ E ELEGÂNCIA
NA HORA DO VEJAMOS

Garoto e garota, homem e mulher, nos agarros. Se o ambiente é público, sabe-se que a conveniência e a autocensura dirão a hora de parar. Se é privado, o fim é mais distante. Digamos, privado. Primeiro um abraço e um beijo rápido. Depois, abraçados, um beijo longo. Vamos lá: ela gosta daquilo; ele gosta que eu morda. Preferências, jeitos, o ponto fraco: até que não é tímida; até que é carinhoso. Vamos lá, para o queixo agora. Queixo; ela gosta. Vamos lá, para o pescoço agora; ah, como ela gosta... Pescoço, ombro, braço, volta, beijo nos olhos (força e delicadeza, alternância secreta). Orelha, agora. Vamos lá. Adora. Volta para a boca, queixo, pescoço, ombro, orelha, repete e, neste ritmo, vai faltando ar, vai se agarrando com mais força, vai se cedendo. Olha a cama! Caem na cama.

Pequena timidez, risadinhas perdidas e, na cama, recomeçam. Mas há sapatos. Fora, sapatos! Este cinto... Fora, cinto! "Deixa eu tirar meus brincos pra não te machucar"; aproveita para tirar o anel, o colar, prender o cabelo, tossir e pensar no mar, e olha. No que você está pensando? "Em nada. Vem..."

Depois de ombros e braços, a boca desliza para o coração, ouve suas batidas; é preciso ver o que tem dentro. Levanta a camisa, aos poucos, revelando a cor e a forma do bico, o tamanho, o gosto... Vamos lá. Boca no seio. Ela estica o pescoço. Morde. "Não. Assim machuca." Mordisca. Ahh... Tiram as camisas. É peito contra peito. Um coração batendo no outro. É peito, e barriga, e vai e volta, e zíperes são abertos, está quase. Deus, sou um homem de sorte! Sou uma mulher de sorte! Por que não pensamos nisso antes?

Bom, alguém tem que falar. É agora. Coragem: "Vamos... tirar a roupa?" Ela ri: "Seu sacana." Riem. Não vai tirar. Não quer. Por quê?! Vai, sim. Se ergue, vai para o canto da cama e, lentamente, tira a calça, dobra e coloca sobre o criado-mudo. Ele tira rápido, com cueca e tudo. Fica sem graça por causa daquele troço ali, no meio das pernas, duro. Percebe que ela não tirou a calcinha. Calcinha preta! Mínima. "Veio de calcinha preta. Depois que liguei, convidando-a para sair, ela tomou um banho, foi para o armário, abriu a gaveta, olhou para o espelho e escolheu a calcinha mínima preta. Vestiu-a, se examinou no espelho e concluiu: 'É esta.' Céus..."
Ele nem se tocou, hipnotizado pelo que via, mas ela procurou a bolsa, tirou a camisinha, abriu e, enquanto com uma mão tirava a calcinha preta, com a outra, desenrolou a camisinha sobre seu pau (só então se tocou). Rápida e automática. Sábia e elegante. Depois, foi só pular em cima.

A BELA NAS TRAMÓIAS
DA FOTOGRAFIA

Seu nome é Laia. Na verdade, seu nome é Lara, mas como não gosta de Lara, ficou Laia, mentiroso porém único; já tem 18 anos, e já aprendeu que um dos segredos é ser única. Não trabalha. Estuda. Sabe que é um tesão, mas finge que não sabe. Tem um rosto lindo, e isso ela não finge que não sabe. Procura ser única sendo linda sem segredos com alguns fingimentos. E carente. Reclama, em todos os cantos, que está sozinha. Seu segundo sonho é ter um namorado carinhoso, esperto e tarado. Muitos candidatos desistem amedrontados por tanta beleza. Seu primeiro sonho é ter um carro. Pensou em ser modelo para comprar um. Pensou e coincidências.

Já caiu na tramóia, sem que eu pudesse alertá-la. Numa festa, e ela vai em todas, não para arrumar namorado, mas para dançar e reclamar que está sem namorado, conheceu um cara que se disse fotógrafo. Falaram da profissão modelo. Foi convidada, e aceitou, a tirar fotos para um book, e foi e tirou, e teve de pagar os tubos, suas economias; só foi avisada depois que tinha de pagar.

Rodou a cidade com o tal book, mas não rolou nada, não até cair na segunda tramóia, e novamente não pude avisá-la. Um tal fulano ligou, que viu as fotos no estúdio do fotógrafo, que tinha um trabalho para ela, um trabalho de nu que podia ser feito no mesmo fotógrafo, para ser publicado numa revista de respeito, de surfista, que costumava publicar ensaios de nus de alto nível entre uma matéria de surfe e outra.

Laia foi. Soube mais detalhes. Não haveria cachê, não por enquanto, porque a revista teria de aprovar as fotos, e a revista pagaria o cachê, um bom cachê, por sinal, mas nem deveria se preocupar, porque o fotógrafo e o fulano eram assim com o dono da revista, e lógico que as fotos seriam aprovadas coisa e tal. Coisa e tal, topou, apesar do clima estranho no estúdio, que nem era um estúdio como ela imaginava que deveria ser um estúdio, mas uma garagem velha sem infra. O mais estranho eram os muitos técnicos, muitos sem cara de técnico, assistentes, como eram apresentados, vários assistentes para as fotos, e nenhum maquiador, cabeleireiro, assistente pra tudo. Encontrei, depois, uma dúzia de canalhas que se fizeram passar por assistente numa tarde de fotos que, concluí, era a de Laia. Ninguém, de fato, era assistente. Eram canalhas, assistindo à garota chegar tímida, tirar a roupa sem timidez, fazer poses para a câmera, com os assistentes dando palpites. Havia filme na câmera; Laia os viu sendo trocados. Mas o ensaio nunca foi publicado. Na revista, ninguém ouviu falar do fotógrafo. O estúdio voltou a ser a garagem abandonada, enquanto suas fotos rodam alguns cantos, pelas mesmas festas, com ampliações maldosas, e a risada sacana: "Olha no que caiu a tesuda, estive lá e vi tudo." Lógico que seu nome não é Laia.

MODELOS: BEBÊS SOLITÁRIOS DE BATOM

Ela tem 14 anos, é criança, cheia de graça. Ela vem toda de branco, toda molhada e despenteada... Ela é pequena, tem seios. Não, ela não é mais criança. Ela tem um diário cheio de decalques, masca chiclete e carrega uma bolsa que parece um urso panda. Ela tem olhares que deixam os homens confusos. Ela é linda e confunde os homens. Muda de expressão, muda a pose, o olhar e a confusão. Provoca o mundo. É inevitável: surgirá alguém para propor "quer ser modelo?".

Quer ser modelo, rica e famosa, conhecer o mundo dos ricos e famosos, brincar de adulto, dinheiro, compromissos, negócios? "Ora, quem não quer?" A mãe apóia. Grana. A mãe transfere: "Viva, meu nenê, aquilo que não vivi. Talvez eu pegue uma carona." O pai não faz objeções: "Contanto que continue virgem. Dê a ela, nenê, aquilo que eu não dei..." E ela vai.

Sorria, nenê, olhe pra câmera, levante o queixo, cara de gatinha, isso, gatinha irresistível, isso, nenê, levante o ombro, pule, mais alto, olhando pra câmera, jogue os cabelos; isso, jogue mais, está ficando bom, agora ajoelhe, vamos, nenê, é a última. Pronto, está aqui o seu cachê. Pronto, está aqui o começo da fama. Pronto, *mammy*, agora sou famosa.

Nenê, procure outra bolsa, e pare de mascar chiclete, e venha para esta festa, você tem que vir, vão estar fulano e beltrano, traga a mamãe. Fulano: "Você vai estourar. Tem tudo o que precisa para estourar. Só precisa de um contrato melhor. Mude de agência." Beltrano: "Bebe mais um pouquinho. Está chato aqui. Vamos para outra festa. Tua mãe tem que vir junto? É uma festa mais íntima. Você é linda..." Prefere fulano. Mamãe também.

"Capa! *Mammy*, sou capa!"

"Querido diário. É tão bom ser famosa. Era tudo o que eu queria. Não vejo os amigos faz tempo. Mas vale o sacrifício. Tenho saudades do Maurinho. Ele está tão diferente. Só porque fiquei famosa. Ser famosa causa inveja nos outros. Só posso, agora, ter amigos famosos. Ser famosa é... Não sei definir, é... maravilhoso!"

"*Mammy*, fulano diz que eu tenho que ir pro Japão!"

"*Pappi*, tenho uma coisa importante pra falar. Não é nada do que você está pensando, eu ainda sou virgem, adoro ser, e não apresso as coisas. O beltrano, sabe o beltrano?, me convidou para tirar a rou... isto é, fazer um ensaio fotográfico, sabe como é, para uma revista."

"Vai pro Japão, nenê, vai ser bom conhecer outro país. Escreva."

"Querida *mammy*, aqui no Japão estou ganhando um dinheirão. Não entendo patavina do que eles dizem. Não vejo TV porque não entendo. Faz frio. Estou sozinha, e conhecendo outro país, como é importante conhecer outro país, quase não saio de tanto trabalhar, quem, na minha idade, tem o que eu tenho, e conhece o Japão? Sou famosa, agora, não é o máximo? Te amo. Você tem visto o Maurinho?"

MISS BUMBUM É PATRIMÔNIO PÚBLICO

Numa praia em Garopaba, me apresentaram a uma fisiotera-
peuta gaúcha com um corpo "fenomenal". Acabara de sair do
mar. Conversamos. Reclamou da quantidade de paulistas em
férias na região. Sentia-se invadida. Pedi desculpas por ser
paulista e por invadi-la. Tudo bem... Direto ao assunto. Quando ela voltou para a água, alguém comentou: "Foi eleita a Miss
Bumbum Joatinga há uns anos." Automaticamente, olhamos
sua bunda. Por que cargas d'água olhamos sua bunda? Deus
cruel... Tal bunda estará sempre na mira de avaliações e ob-
servações profanas. Foi o que aconteceu: "É, continua uma
bela bunda." Mas até quando?

Como alguém se candidata a um concurso desses, feito para
entreter turistas, para difundir aos sete cantos que, na Ilha da
Magia, além de boas praias, tem boas bundas?!

Existe um abismo profundo e excitante no caminho do en-
tendimento da vaidade feminina. Candidatar-se a Miss
Bumbum é oferecer sua região glútea ao patrimônio público.
E o mundo ganhará o direito de observá-la, lutar pela sua
preservação, e torcer pelo adiamento de sua iminente queda.
Nos sentiremos donos daquela bunda. E sua verdadeira dona
deverá ter responsabilidades perante o bem público, e abusar
de caminhadas, exercícios específicos e dietas.

Durante minha estadia em Garopaba, revi Miss Bumbum algumas vezes e, lógico, discretamente, observei sua proeminente
bunda pública. Acompanhei sua semana de praia. Cada dia
mais bronzeada. Me preocupou quando, um dia, ela (a bunda) apareceu com uma aspereza esbranquiçada, ou um abs-

cesso que, deduzi, foi o resultado de uma picada de inseto. Deu àquela escultura um toque de imperfeição. Perderia o concurso se tivesse tal picada.

Há muitas outras bundas em Garopaba, o que faz a fama da cidade atravessar fronteiras. Eu não saberia eleger a melhor. Melhor para o quê? O concurso, promovido pela revista *Fluir*, entre uma etapa e outra de um campeonato de surfe, foi, dizem, muito concorrido. As candidatas desfilaram de biquíni, de costas para a platéia, afinal, era a bunda, e só ela, que estava em julgamento. Muitas dúvidas me atormentam: como julgar? Qual escolher? Havia só homens no júri? As eleitas eram as que causavam maior tesão? Julgar seu significante ou significado? Podiam examinar as bundas intimamente? Pintou constrangimento? A platéia se comportou? Havia júri popular? Seu enchimento, suas curvas, seu volume e sua cor foram decisivos para sua eleição. Na verdade, o único que tem condições de atestar as qualidades da bunda vencedora é o inseto que a provou; este sim, degustou-a.

TENHO QUE CONFESSAR:
ME TRANSFORMEI EM MULHER

Digníssimo leitor. Mesmo preso a circunstâncias que fogem à minha compreensão, me vejo obrigado a relatar um fato não corriqueiro e relevante: tornei-me uma mulher. Melhor dizer: fizeram-me mulher.

Aconteceu numa noite como outra qualquer. Enquanto eu dormia, dona Pureza, dona Castidade e dona Modéstia entraram no quarto, falaram coisas incompreensíveis e se retiraram às pressas.

Não dei muita importância, acostumado que estou a receber visitas noturnas de tipos diversos, fantasmas, espíritos, e até mesmo do próprio diabo, que tem o hábito de sussurrar histórias que transformo em literatura; nós, escritores, somos porta-vozes do diabo.

Pensei que a visita das três senhoras não me traria maiores conseqüências. Ledo engano. Quando acordei, não posso deixar de confessar, eu era uma mulher.

Depois de consultar especialistas, soube que pode acontecer com qualquer um. O nobre inglês de nome Orlando teve idêntica transformação e conseguiu adaptar-se à nova condição sem maiores problemas, chegando a se casar com um homem.

Virginia Woolf, sua biógrafa, escreveu que as mesmas três senhoras o transformaram em mulher. No meu caso, alguns problemas estão difíceis de solucionar, e espero ajuda das novas companheiras.

Por exemplo. O que faço com esta mulher com quem me casei quando eu era homem, e que insiste em me chamar de marido? Como mijar? Alguém pode me indicar um bom ginecologista?

Tive sorte. As três damas foram simpáticas, e me deram belíssimas formas. Estou com um par de seios dos quais me orgulho. São empinados, grandes. E percebi que chamam atenção, pois sempre que acendem meu cigarro, não olham para a chama.

Ainda não experimentei as possibilidades sexuais da minha nova condição, mas está bem, eu falo, brinquei sim com um chuveirinho, lógico; descobri que o segredo está nos detalhes, não só no ventre, mas espalhados.

Confesso que, no início, percebendo que a transformação era irreversível, pensei em ir à forra e tornar-me uma mundana, mulher vulgar, em outras palavras, "dar pra todo mundo".

Mas a minha primeira visita à feira livre me fez logo mudar de opinião. Apesar de eu estar vestida com uma roupa insinuante, as insinuações dos feirantes me pareceram demasiado grosseiras.

Foi quando percebi que esses seres dos quais já fiz parte, os homens, não conseguem penetrar na nuvem de mistério que nos cerca. As cantadas passaram a me incomodar. "Deixa eu dar uma chupadinha." "Que saúde." "Que bundinha." Por eu ter sido uma coisa, e agora ser outra, dou todo meu apoio ao projeto de lei que proíbe as cantadas. E concordo: todos os homens são iguais!

SINTO NECESSIDADE DE LAVAR ROUPA SUJA

Estou bem mais sensível desde o dia em que me transformei numa mulher. Sou nova no ramo (faz duas semanas que virei mulher), não consigo discernir entre o que pertence exclusivamente à condição feminina ou a ambos os sexos. Mas hoje, especialmente hoje, tudo me irrita. Me sinto uma bomba prestes a explodir. Meu corpo, inchado, me obriga a andar devagar, falar devagar. Os olhos não abrem direito. Cólicas. Depressão. Não posso ser tocada que tenho um ataque. Minhas novas amigas dizem que talvez eu esteja na síndrome pré-menstrual. Se estiver, odeio ser mulher.

Atualmente, meu casamento é um inferno. Não sabemos qual das duas (eu e minha mulher) assume qual papel. Coitada, fico penalizada. Afinal, não estava nos seus planos casar com um homem que se transformaria numa mulher. Até que aceitou com naturalidade, talvez porque seus sapatos e meias estejam a salvo, já que herdei da minha antiga condição os pés 45. No entanto, repartimos o mesmo estojo de maquiagem, o que traz vários conflitos.

Estou com raiva do mundo. Não suporto mais escrever esta coluna. Encheu o saco. Não tenho mais nada pra dizer. Cá estou, semanalmente, procurando ser original, dinâmica e radical. Estou cheia de você, leitor. Estou cheia de todos. Às vezes, me vejo bolando planos de vingança contra aqueles que eu desprezava: os críticos. Agora, como mulher, sinto uma necessidade quase orgânica de lavar roupa suja. A maioria dos críticos é idiota! "A imprensa é uma butique de idéias", disse o escritor Luís Dolhnikoff.

A crítica jornalística embrulha peixe e forra bancos de mendigos. Literatura, não.

A maioria dos críticos não lê o que critica, envolvida por uma inacreditável preguiça intelectual; é fácil discernir quem lê e quem não lê; se analisa a epígrafe, é porque não passou da primeira página; se discorre sobre o tema, é porque leu somente o release que as editoras costumam enviar aos jornais; se diz que "aquilo não é literatura", é porque não entende de literatura, e vai para o lado mais fácil, preferindo desqualificar a analisar.

Uma "crítica" publicada num jornal de Brasília chegou a dizer que meu livro *Ua:brari* era ruim porque tinha "muitos travessões", e ironizou o fato de eu dar nomes pós-modernos aos personagens David, Bernard e Anna; lógico que o autor apenas folheou o livro, já que estes personagens são estrangeiros, e não iriam se chamar José ou João. Não acredite na crítica jornalística. Aliás, não acredite em mim. Tornei-me uma mulher frustrada, azeda, e que, ao que tudo indica, está prestes a menstruar.

MINHA PRIMEIRA VEZ
FOI COM UM HOMEM!

Alguém tem notícias de Marlene Costa? O infinito está ao lado. Alguém deve saber onde ela anda, ou se ainda trabalha. O infinito é logo ali. Talvez a própria Marlene me leia. Se você, Marlene, estiver me lendo, esclareça de uma vez por todas: você é homem?

Por uma década esta dúvida atormentou garotos que amaram Marlene Costa, uma prostituta. Sua especialidade: garotos virgens. Atendia num apartamento de dois quartos da Major Sertório. Tinha um corpo imenso, escultural. Tinha sensibilidade, carinho e a calma que se espera da primeira mulher de um garoto. Tinha prazer em prestar tal serviço à comunidade.

Ela abria a porta com um penhoar provocante: transparente, mas não muito. Só aceitava clientes que viessem acompanhados. Entrávamos de dois em dois. Elegante e educada, fazia nos sentirmos homenzinhos adultos. "Querem beber alguma coisa?" "Uísque." "Puro ou com gelo?" "De qualquer jeito..." Saía para preparar as bebidas; oportunidade para admirarmos os pôsteres por toda a sala; fotos da própria, nua.

Voltava, bebíamos e conversávamos. O que conversávamos? Amenidades de uma primeira mulher. Encaminhava cada um para um quarto, onde ligava um projetor que dava luz a filmes pornôs dinamarqueses. Nisso, tocava a campainha, e dois outros garotos eram instalados na sala e servidos. Marlene era um relógio; produção em massa. No quarto, esperando. O filme emperra. Começa a queimar. O infinito é aqui. Estou em luta contra fotogramas dinamarqueses quando ela entra, tira o penhoar com um movimento de ombro e... bem, você sabe.

No final, com o amigo na cozinha, servia-nos balinhas de menta, enquanto a campainha tocava, e os dois garotos da sala já estavam nos quartos, e os novos seriam instalados e beberiam. Despedia-se nos elogiando, dando beijinhos e seu cartão para divulgá-la na escola.

Apesar do ritmo intenso, o tratamento era de primeira e compatível com o bolso de um adolescente. Seu segredo era criar um clima de impaciência, barreiras a serem ultrapassadas e muita sedução: o que resultava numa ejaculação precoce. Um pequeno detalhe levou-nos ao pânico: ela só praticava sexo oral e anal. É uma tara legítima. No entanto, alguém soltou o boato: "Marlene Costa é travesti."

"Minha primeira vez foi com um homem!", revoltaram-se os colegas. Outros retornaram lá à procura de provas. Nada. Tive um amigo que, nos minutos a sós com os personagens dinamarqueses, deu uma busca rápida no quarto e encontrou uma boneca debaixo da cama, o que não nos ajudou em nada. Marlene Costa sumiu levando embora a verdade de muitas primeiras vezes. Deve morar no infinito.

SERÁ QUE ELA QUER
OU ESTÁ ENROLANDO?

Prosseguindo com a enumeração dos grandes mistérios da natureza humana (Foi Deus quem fez você? Quando uma mulher quer ceder, e quando está apenas seduzindo?), duas cenas de dois filmes distintos me vieram à tona.

Filme um: Em *Tootsie*, Dustin Hoffman, travestido de mulher, escuta as confissões secretas de sua colega de trabalho, a bela & fera Jessica Lange, mulher que povoou os sonhos impossíveis de King Kong (pobre criatura apaixonada por um ser do tamanho de seu dedo). O personagem de Jessica confessa, não com essas palavras, imaginando que estivesse desabafando com uma "amiga", que adoraria encontrar um homem que fosse direto ao assunto, meio bruto, meio animal, e não esperasse muito para arrastá-la para a cama pelos cabelos. Mais tarde, Dustin, à paisana, encontra casualmente Jessica numa festa. Ela não o reconhece. Ele se aproxima, e: "Muito prazer. Sem perder muito tempo, por que não saímos daqui, não vamos para minha casa, e não nos amamos até amanhecer?" Recebe um copo de água fria no rosto.

Filme dois: Woody Allen (é claro), em *Play it again, Sam*, é um sujeito tímido que acaba de ser abandonado pela mulher. Um casal de amigos recomenda uma amiga também solteira. O personagem de Woody vai à caça, e escuta, não com estas palavras, o depoimento "sincero" da presa: "Gosto de qualquer tipo de homem. Já fiz amor com o leiteiro, com o encanador, com jogadores de futebol. Gosto de sexo, de variar as

29

posições e o lugar..." Woody, babando ao seu lado, não pensa duas vezes. Ataca. Ela se levanta surpresa, e: "O que é isso?! O que você está pensando que eu sou?!"

CEGUEIRA E SURDEZ, CONFUSÃO, LUZ E SANGUE

"Pode me botar no pau, pode por todas vez. Sabe, doutor, até que mereço. Minha cabeça não é limpa, nunca foi, tem bicho nela. Desde menino, penso assim, nas de cinco, seis, sei não quanto direito. Na hora, mesmo, fico esquisito e tonto. Me vem confusão e precisão de silêncio. Da primeira vez, era uma menina do bairro, era de seis anos, e estávamos na trilha, e me veio o pensamento, e chamei ela de um canto. Não foi que brincadeira, não. Eu sentia perdição por aquela menina. Ela sentava do lado, me chamava de um jeito gostoso, vinha andando, me provocava, sim, estou avessando, invertendo as coisas. Meu coração batia forte. Corria veneno no peito, nas pernas. O senhor, doutor, nunca deu vontade de morder criança? Toda a gente fala da vontade de beliscar e morder. Mas lá na trilha, a gente entrou pra dentro, e ela tinha confiança em mim, e continua me chamando de aquele jeito gostoso. Me deu os cinco minutos, e peguei nela. E tirei a roupa toda, a dela. Aí vi, doutor, aquela pele brilhosa e lisa como chão, aquilo tudo lá pequenininho. Soltou o bicho. O veneno me agarrou. Prendi a menina, subi em cima dela. Aí ela chorou, doutor, chorou de gritar. Mas eu era cego e surdo, de um lado, do outro, do lado bicho, tinha esperança e precisão dela chorando bem forte. Elas são tão pequenas que homem acha que não vai caber. Mas cabe. É apertado e cabe. Já é mulher, doutor. Deus não é uma coisa? Ela teve estremeção. Não estava gostando, não, mas o bicho dela estava. Era o bicho dela contra o meu. Era. Está morta, né? Não sei que deu. Acendeu a luz de todas partes, e segurei seu pescocinho. Quando ficou tudo escuro, apertei, eu não, minha mão que apertou, o sangue que corre nela que mandou: aperte, aperte! O veneno do sangue; só pode ser essa doença aí que falam, essa que não tem cura. E escutei ela parou de chorar, ouvi todo o silêncio, tinha tudo acabado. É verdade o que dizem. Eu bebi o sangue dela. Mas fiz tudo com todo respeito, doutor. Gostava dela, aquela menina que vivia de brincar com as pessoas, de me provocar de homem. Bebi o sangue pra ver se me limpava. Como diz na igreja, me purificava do veneno. Cortei ali no pescoço, e me ensaboei todo com o sangue, e só depois que bebi, o sangue ainda quente. Mas vou te falar pro senhor, doutor, eu fiquei com raiva de mim, e fiz um enterro bonito pra ela, até rezei, pedindo pros anjos levassem aquela alma, e cuidassem bem dela. Fiz uma cruz, e beijei cada ponta da cruz. E o bicho se aquietou. Só depois, com o outro garoto, esse que apareceu na praia, é, fui eu também, doutor, esse não enterrei, deixei lá jogado pros cachorros comerem ele. Será que comeram? Era sujo por dentro, mais do que eu, nem chorou, doutor. Matei com vontade, enfiei o joelho na sua fuça, e apertei, e ouvi o quebrar do crânio dele, e nem saiu sangue, menino ruim. Depois dele, vieram outrazinhas. Já não tinha pena, nem rezava, nem fazia cruz. Só aquela primeira, doutor, era um anjo. Só com ela eu vi tanta luz. Que Deus a tenha..."

PAGUEI POR BRINCAR
COM O QUE NÃO TEM GRAÇA

Anteontem, em Maceió, cruzei com três meninos de rua que pareciam ter pressa; era noite, fim do expediente. Um deles caminhava com um bolo de dinheiro na mão, contando a féria do dia. Estendi a mão e brinquei: "Quanto dinheiro! Me dá um trocado?" O garoto me viu na cadeira de rodas, parou, puxou duas notas de dez e me deu.

Fui aconselhado, por amigos que trabalham com crianças de rua, a não dar esmolas. Dessa vez, devolvi as duas notas de dez, puxei a carteira e dei outras, pagando pela minha inconveniência, por brincar com o que não tem graça. Como se abaixasse a cabeça e pedisse desculpas, reconheci a grandeza do menino que, sem titubear, dividiu parte de seus ganhos com um desconhecido. Nele, um solidário ingênuo. Em mim, o quê?

Há um farol, aqui em São Paulo, no caminho para a TV Cultura, que demora para abrir. Talvez por isso, muitas crianças ganham uns trocados limpando os vidros dos carros. Tal operação pode arranhar o pára-brisa, danificando-o para sempre. Muitos motoristas, grandalhões amedrontados, param a metros de distância, para evitar o contato com essas crianças. Algumas já me conhecem, e sabem que não dou dinheiro, e que dirijo um carro diferente, com os controles nas mãos. Vivem me perguntando para que serve a manopla, no volante, que chama atenção, e chamam os amiguinhos, e deixo-os experimentarem, acelerarem, buzinarem, até o farol abrir. É tudo o que posso fazer.

Ontem, uma garota nova no pedaço. Lá veio ela com o rodinho ensopado. Parecia determinada. "Se limpar, não dou nada", avisei. "Não tem importância, tio, mas deixa eu limpar porque está sujo." Limpou. Só então realizei o quanto estava me incomodando tanta sujeira. Acabei agradecendo. Não pediu nenhum trocado. Apenas sorriu. Dei uma piscada pra ela. Ela me devolveu outra.

Duas horas depois, no mesmo farol, um burburinho. O trânsito parado, um carro com o pára-brisa quebrado, um corpo no chão. Era a garota, morta. Fora atropelada. Seu vestidinho, que parecia um trapo, estava levantado, mostrando as perninhas ensangüentadas. Engoli em seco, e pensei se ela estaria salva se eu tivesse dado o trocado. Passei a noite em claro, procurando um culpado. E existe. Nessa noite, me considerei pronto para pegar em armas.

DEVE HAVER MAIS COISAS
ENTRE O CÉU E A TERRA

Uma garota sentada, com a mochila nas costas, olhando a lagoa. A cidade: Rio de Janeiro. A lagoa: Rodrigo de Freitas. O tempo: nublado chumbo, a minutos da tempestade. Outro tempo: estava parada, olhando a lagoa, há tempos. A paisagem: Rio de Janeiro deslumbrante, lagoa e pedras, morros de pedras, árvores centenárias, Machado de Assis.

Em muitos lugares do Rio, deve-se parar e olhar, o que é impensável numa cidade de tantos milhões, com ritmo de cidade de tantos milhões, rotina no acordar, ir trabalhar, ir estudar, ir fazer, jamais parar. No Rio, um paulista se assusta com as possibilidades do olhar. Pedras, praias, lagoas, árvores centenárias, Machado e bossa nova; o Rio é bossa nova.

Como paulista, *mezzo*-turista, parei e olhei a lagoa e a garota. Olhei mais a garota que a lagoa. Me bateu a curiosidade maior de todas: em que ela está pensando? Olhando a lagoa e pensando ou só olhando? Nas suas costas, um engarrafamento irritante de indos e vindos de zonas opostas, zonas em guerra, norte e sul, sem tempo a perder, perdendo tempo num engarrafamento, elegendo buzinas, arrancadas, xingamentos, como selvagens do fim.

Mas ela de costas, olhando a lagoa, ou pensando e olhando, ou só pensando de olhos fechados no último beijo, na paisagem, no trabalho, no estudo, em Machado com bossa nova. Se fosse um velho, estaria lembrando, aposentando pensamentos, apostando no descanso, ou só olhando. Mas era uma garota. Pensando.

Costumo ter sempre um livro escondido no compartimento secreto pronto para, num momento de espera, ser sacado e lido, seja onde for: filas, atrasos, lanches, esperas. Nunca, jamais, esperar olhando. Olhar o quê? Olhar os outros. Tenho, também, um par de óculos escuros escondido no compartimento secreto pronto para, num momento de espera, ser sacado e usado, seja onde for, caso o livro anterior não entusiasme. Olhar os outros, de óculos escuros, é olhar sem que saibam que está se olhando.

Eu estava de óculos escuros, olhando a garota, que olhava a lagoa, apostando meus bens no seu pensamento, e o tempo passou, e ela não se movia, e decidi me aproximar para, quem sabe, falar de Machado e bossa nova. Próximo. Sentiu minha presença e me olhou. Sorriu. "Ai." "Ai." "No que você está pensando?", perguntei. "Em nada", respondeu. "Ah, você só está olhando", eu disse. "Não, eu não estou fazendo nada, estou só parada, esperando... E você, no que está pensando?", devolveu. "Eu? Bem... como sempre, para além do invisível, vendo mais coisas que a vista vê, nem olhando, nem pensando. Existem mais coisas entre o céu e a terra. É uma viagem longa. Quer me fazer companhia?"

PRIMEIRA VEZ É TRABALHO
PARA SÁBIOS VULGARES

É como uma revelação, uma experiência mística, o primeiro orgasmo; vêem-se luzes do além. A surpresa tem a solidão tatuada nas mãos (ou nos dedos). Descobre-se o poder do eu: fecho os olhos, penso, mãos à obra e ei-lo, eureca! E: todo dia, toda hora, os minutos, deitado, sentado, no chuveiro, no elevador, pensando na tia, no professor, na dona da padaria...

Mas o punheteiro perde o fôlego quando descobre que mulheres "gostam de dar". Segunda revelação: o sexo oposto também gosta de sexo. O oposto atrai-se por mim. Eu e o oposto, de olhos abertos, corpos à obra, às apostas. Mas qual, qual? Sobe-se na árvore e se grita: *"Io voglio una donna..."* Para o convite, quais palavras usar? Eu quero, tu gostas, nós precisamos, eles fazem. O "eu te amo" vem antes, depois, é desnecessário ou exagerado?

A dona da padaria, solteirona pequeno-vulgar, com o cabelo loiro artificial, com uma bunda e peitos na fila de leilões. É uma chance, a chance. Na rua, todos comentam que leva garotos para o porão e "nhaca"; e seu deleite é ser a primeira de uma primeira vez. É ela, sábia vulgar, que não crê nas palavras, que basta chegar. E indicará o que fazer, o que não dizer, como fazer, sob nuvem de farinha e cheiro de lenha e pão.

Levou flores e pediu três bisnagas e uma Coca litro. Ela devolveu o troco, deu uma olhada sacana, agradeceu as flores e perguntou a idade dele. Então, enxugou os lábios e pediu-lhe para ajudá-la à noite. Feito. Uma primeira vez expirou. Ensinou o caminho, disse pouca coisa, perguntou quase nada e divertiu-se muito.

Para a prima também adolescente, o mesmo: o tal professor, dono da ciência e experiência. Entrou, há tempos, em conflito com as novidades impostas pelo seu corpo: aqueles peitos que cresceram, aquela crica que explode em sentidos, que parece ter vida própria, que se lambuza à toa, que reduz os sonhos a "só aquilo", que calor, que inferno! Com as amigas, nada a declarar. Com os amigos, nada a desejar. Mas o professor, e sua inseparável régua sabe as medidas e os ângulos da perdição. "Com ele, estou salva: saberá o que é humano e o que é coisa do cão; dirá até onde posso ir, e onde começam os tabus; dirá o que é ser mulher, e o que é deixar de ser menina." O professor foi seduzido por tamanha inocência, de uma criatura ansiosa por aprender, enquanto ele, velho lobo do mar, já conheceu o desencanto, já cruzou tempestades, já naufragou, já se sentiu passado. Sua vitamina é o sangue novo da aprendiz. Seu problema é ensiná-la quem foram os Mutantes, Sartre e Godard.

A MASTURBAÇÃO É UM EXERCÍCIO LITERÁRIO

A princípio, não existimos. Até o dia em que apresentamos o nosso primeiro projeto, e nos perguntam, surpresos: "Quem te influenciou?" Como escritor, sofri preconceitos vários: por ser jovem (tinha 22 anos quando lancei meu primeiro livro) e por ser considerado "um escritor por acaso".

Escrevia contos e letras de música. Tive a inspiração de me jogar num romance autobiográfico. Gastei dois anos escrevendo e reescrevendo. Bolei um título. Entreguei os originais — que quase foram perdidos, e eu não tinha cópia. Aprovei a capa, a revisão, assinei contratos e organizei, eu mesmo, o lançamento.

Onde está o acaso? Por ser desconhecido, a crítica penou para conseguir me enquadrar em algum estilo, entender-me, esclarecer ao leitor, afinal, quem eu era. A maneira mais fácil: perguntar quem me influenciou.

Sempre soube quem me influenciou. Aliás, para ser mais exato, o que me influenciou. Hoje tenho coragem de declarar: masturbação. É um tremendo exercício literário. Trancar-se no banheiro ou no quarto. Apagar a luz. Cuidar que não seja incomodado e interrompido. Fechar os olhos, apalpar o corpo e imaginar... No masturbador vive um autor escondido. Os elementos que compõem a narrativa e a punheta são os mesmos. Ambas imitam as aparências em busca da representação real. Quer ver?

O narrador é você. Pode inovar, como nos livros do escritor francês Flaubert, onde o narrador não aparece. Personagens: à sua escolha. Professora de português, a irmã do amigo, melhor ainda, a mãe do amigo, atrizes da Globo, cantoras pop, empresárias, ministras da Economia, modelos, estilistas, socialites etc.

Enredo: apesar de a maioria dos autores partir de um enredo previamente construído para, quando do ato da criação, ter no que se basear, existem os que escrevem de supetão, ligam o computador ou, se preferir, fecham a porta, e a história aparece como um jogo dos deuses.

Pode-se pegar a definição de tragédia de Aristóteles: uma ação com começo, meio e fim, que muda o estado do bem para o mal numa peripécia, onde há o reconhecimento de que algo mudou.

O enredo, para Aristóteles, é tudo. Busca-se o efeito da catástrofe. O personagem trágico é, como você, um homem superior, que tem consciência do bem e do mal, e busca o caminho da perfeição. No caso da masturbação, a mudança é do bem para o melhor ainda. O orgasmo é a peripécia. E no final, se o reconhecimento for a solidão, lembre-se de Hegel, que disse: "A arte é superior à natureza."

INDÚSTRIA PORNÔ CAIRÁ MATANDO

Toda vez que olho pela janela, e vejo novos prédios se erguendo, o avião atrasado sobrevoando a cidade, que, quando se vê de longe, parece parado no ar, o helicóptero apressadinho esbarrando nas antenas, muitas janelas, muitos sujeitos esparramados nas poltronas, na frente de uma luz azulada que culmina num "plim-plim", o carro de som vendendo pamonha, o motorista buzinando para acordar o porteiro, o alarme que toca acordando os cães, penso: como *esse* bicho homem é inteligente, sô!

Nascemos tão animais quanto todos os outros, empurrados por uma pá de instintos e alguma inteligência. Pendurados nas árvores, assistíamos à ferocidade dos felinos, que dominavam a Terra, e dos cães, que caçavam em grupo. O mundo era deles. Restavam as carniças de caças alheias, e nos tornamos "experts" em devorá-las. Trinta e cinco anos era o prazo de vida dos nossos ancestrais; hoje, estamos na média dos 80. A virada veio com a pedra lascada, com o fogo e com a imitação. Nas paredes das cavernas, desenhavam o sentido da caça; os mais experientes ensinando aos mais novos. O mais sábio narrava os feitos dos grandes heróis. Outros escreveram leis. E não paramos mais.

É, nenê, estamos à beira de uma grande virada, e é preciso segurar o fôlego. Vieram os mitos, reproduzindo os homens. Veio drama, reproduzindo o conflito dos homens. Vieram os romances, reproduzindo o homem à frente do conflito. O cinema procurou mostrar as imagens deste desafio. A televisão intervém na vida doméstica, criando e desfazendo mitos. Agora, a realidade virtual: você é o mito!

Boy, você está preparado?

Graças a Deus, a indústria pornô vai cair matando, com lançamentos variados. Roupas especiais para homens e mulheres. Na roupa do homem, um sugador no pênis, com engrenagens de borracha, aquecidas e lubrificadas; no capacete, Sharon Stone gemendo. Para as mulheres, uma engrenagem que empurra e tira o tarolo artificial, e Tom Cruise cafungando no cangote. Gays e lésbicas terão equipamentos invertidos. As clínicas que tratam viciados terão de se reaparelhar para receber os novos clientes. Com um *smart drug* debaixo da língua e um capacete na cabeça, as janelas perderão o sentido.

GAROTOS BRASILEIROS
FATURAM AMERICANAS

"Aqui estou eu novamente perdendo meu tempo ao escrever pra você." É assim que a leitora Ana Maria, de São José do Rio Preto, começa a sua carta. Segundo ela, eu deveria aproveitar minha coluna para escrever "coisas interessantes", ao invés de falar sobre sexo, e me aconselha a informar os jovens, não torrar suas mentes com meu repertório sexual e de palavrões. Em homenagem a Ana Maria, hoje, nesta coluna, será abordado um tema mais que interessante: sexo americano.

Não se trata de um sanduíche ardente e afrodisíaco inventado pelos americanos, mas de como os colegas de Ana Maria do hemisfério norte "fazem nenê". Depois que o juiz Clarence Thomas foi julgado culpado por ter passado uma cantada em sua assistente, muitas mulheres americanas, aproveitando o precedente, levaram para a cadeia pseudogalãs inoportunos. Por esta razão, os homens estão deixando de cantar as mulheres com medo de irem para a cadeia acusados de *sexual harassment*.

Ameaça de extinção? Não. Mesmo porque, Ana Maria talvez não saiba, mas que sexo é gostoso, poucos duvidam. Habituada com a rapidez das transformações culturais, a sociedade americana logo inventou um jeito para sanar o medo masculino de investir: agora, são as mulheres que abordam os homens, fato testemunhado por nossos patrícios, estudantes de convênio, recém-chegados nos Estados Unidos.

Fabrizio, de Americana, me confidenciou que as garotas americanas dão muito em cima, dançam como se estivessem "fuckando", e beliscam a bunda. "Vi uma garota dançando de quatro e o cara em pé. No Brasil, a gente esconde, aqui é tudo à vista." Fernando, de Bauru, que viveu cinco meses em Sacramento, na Califórnia, diz que "as garotas chegam, se apresentam, e convidam para ir ao cinema. Depois, vamos para a sua casa, cujos pais ou estão viajando ou saíram. É o mesmo chaveco sempre. Na escola tem muita cantada. Aqui, as meninas é que vêm atrás. Nem sempre usam camisinha. Há oito casos de Aids na minha escola. Dois já morreram. Estudam lá, mas ninguém sabe quem são, só o diretor". Rodrigo, de Vitória, confirma: "Puxam, pegam pra conversar no canto e te intimam pra sair com elas. Estou completamente perdido..."

Não sei ao certo se as americanas andam, como diria Cláudio Tognolli, "com a libido à deriva", ou se o homem brasileiro faz sucesso nos States. Joe, 16, irmão americano de Rodrigo, detectou, depois de passar dois meses no Brasil, que os garotos americanos são mais grossos, arrotam e falam muito palavrão. Segundo ele, os brasileiros são mais românticos e gentis, o que talvez explique o sucesso com as mulheres: "Eu aprendi com as garotas brasileiras a ser mais carinhoso, o que até aumentou a minha popularidade na escola daqui. Entendo mais as mulheres agora, depois de conhecer as brasileiras."

O tempo passa, o tempo voa, e quem falou em extinção?

FURACÃO *TEEN* IGNORA MASTURBAÇÃO LIBERADA

No presente, as caras pintadas, no passado, as mãos, além de pintadas, dormentes. Já escrevi sobre isso? Acho que sim. Pintam-se as unhas com esmalte roubado da mãe ou da irmã. Dorme-se sobre o braço. Acorda-se uma hora depois e, pronto, imaginação: "Sobe, desce, puxa e vai, ai, ai, ai..." Por que o esmalte? Por que dormente? Para simular uma mão feminina. Foi assim que muitos adolescentes sofisticaram a técnica da masturbação, agora, segundo jornais italianos, tolerada pelo Vaticano. No seu novo catecismo, a Igreja Católica determina que os padres encarem a masturbação com menos severidade; os confessores devem levar em conta elementos como "a imaturidade do pecador, um eventual estado de angústia ou outros fatores psíquicos e sociais". Deus...

Não se masturba num estado de angústia, nem por um desvio psíquico. Antes de me acusarem de molestar a educação da inocente juventude brasileira, digo: de inocente, a juventude não tem nada; ao contrário, busca, no seu furor peniano, experiências inimagináveis pelos burocratas do Vaticano, que vão de frutas, caules, passam pelo reino animal, até chegarem às mãos pintadas. Muitos fazem operação de fimose só porque, segundo boatos que correm nos vestiários dos colégios, uma enfermeira (logicamente, na fantasia, gostosérrima) passa um creme para endurecer o... membro. Para um adolescente, é o píncaro da glória. Logicamente, os que fizeram tal operação contam vantagens, tipo: "A enfermeira ficou tão impressionada que pediu meu telefone."

Alguém ainda leva a sério as regras do catecismo? Bom, se levar, saiba que não se liberou o sexo antes do casamento nem o divórcio, e os casais não casados cometem "pecado grave". O homossexualismo está tolerado, contanto que os homossexuais permaneçam castos (?!). Em suma: o prazer é condenado. As religiões costumam algemar fiéis em auto-recriminações; este é o segredo. Sobre o sentimento de culpa, Freud escreveu que as religiões respondem pelos anseios de um pai, cujas "injunções e proibições permanecem poderosas no ideal, e continuam a exercer a censura moral". A lógica é simples. Todos sentem prazer sexual. A Igreja, o pai, proíbe o prazer. Logo, todos se vêem condenados por sentir prazer. Pinta a culpa. Pintam os burocratas com os caminhos da salvação. Cria-se a culpa para, depois, livrarem-nos dela. É como um médico criar a doença para nos vender a cura. O problema é que o corpo humano contesta os ideais escritos pelo papa; é duro admitir que os homossexuais "façam amor" não por desvios psíquicos, já que, organicamente, é uma experiência de um tremendo prazer.

GALINHA É ESPÉCIE
DE CARÁTER DÚBIO

Galinhar faz bem e não é prejudicial à saúde. Ciscar aqui e acolá, experimentar diversos tipos de ração, chocar de poleiro em poleiro, para, no futuro, com sabedoria e técnica, mover-se à vontade sobre relacionamentos mil: omelete, gemada, ovo mexido, quente e frito etc.

Fofofó, muito se fala, mas o galinha expulsa o tédio de repartições: estudantil, pública e privada. Vira assunto, motiva a inveja e permeia sonhos mundanos de terceiros. Torna-se um mito, herói de caráter dúbio. É a pura contradição, ambição conquistada por poucos. Dá raiva aos príncipes da timidez e às beatas. Na verdade, todos queriam sê-lo, mas poucos têm o dom. Todos queriam tê-lo, mas a moral, a moral...

Ahhh, a galinha... Pilantrinha adorável que ataca nas festas, que esconde, do namorado, o amigão no banheiro, que se encosta mais que os limites, que tem nos olhos todos os mares e na boca todos os molhos, que suspira quando é para rir, que ri quando é para se calar, que gargalha quando não se tem o que dizer. A galinha não tem dono nem ressentimento, não aparenta medo, jogou fora as bonecas e os bichinhos de pelúcia e mergulha em sonhos impensáveis. Gulosa, quer todos. Os homens a seus pés, rasteje, filhinho, rasteje, meu brinquedinho. Galinha para conhecer o mundo, todos eles, as formas e os ataques, e treinar defesas. Não acredita em promessas do além, nem em reencarnação: sabe que a vida é uma só, e que o presente...

"Mamãe, quero um homem bonito, sensível e tarado" seu lema.

O galinha, humm... Suas técnicas. Escolhe um alvo apenas (a dispersão é inimiga da sedução), inventa um assunto, aplica aquela velha "Vem sempre aqui?", "Me lembra alguém", e pergunta logo o nome da presa para florescer uma intimidade. Não deixa sua consciência acusá-lo: "Canalha!" Arruma, rápido, um nó, algo em comum, um mesmo gosto, um amigo distante; para isso, pede o currículo. Facilita as coisas sendo gentil: oferece uma bebida, proteção e aconchego. Faz ela rir; um bom estoque de piadas nunca é demais. Passa a imagem de que é diferente: caseiro. Critica o excesso dos outros. Cita um livro, um filme de arte, e uma sinfonia de Mozart. E nunca, mas nunca, se despede sem pedir o telefone. Liga dois dias depois, e leva-a para o inusitado, sem deixar de declarar que ela é única. "O futuro é um só" seu lema.

A GLÓRIA DO DESVIRGINADOR NÃO É ETERNA

Amor de pica fica? Perguntei a umas minas que conheço. Fica por um tempo, responderam de bate-pronto; foram unânimes. Então não fica; que tremenda descoberta... Uma premissa rola o abismo: atenção, machos, esqueçam, amor de pica não fica! Merecia uma pesquisa acadêmica a quantidade de equívocos impregnados nas portas dos vestiários masculinos. Outro equívoco: a glória do desvirginador masculino.

Só há uma primeira vez na vida de cada um (algumas são incompletas, dada a complexidade de uma primeira vez), e todos sabem, com exatidão, com quem, onde e quando foi a primeira vez. No entanto, homens e mulheres podem fazer o bem ao próximo e ser agentes de muitas primeiras vezes, o que é motivo de orgulho para uns. Quem já não teve um amigo que se vangloriou, tipo "Fiz bem a três próximas..."?

Uma mulher desvirginar um garoto não tem as dificuldades e nuanças do inverso: basta ensinar o caminho, dar carinho, acalmar o taradinho e relaxar com o furor do aprendiz. Mas o homem desvirginador, bem, esse se sente o mais homem de todos, amante professor, o número um. Exigem paciência as barreiras himéticas, membrana popularmente conhecida como cabaço.

Existem himens e himens, diferentes quanto à densidade e à elasticidade: alguns rompem com pouco esforço, enquanto outros precisariam de uma cirurgia. E o homem está lá, com seu bisturi firme, procurando o local a ser perfurado, recuando na dor da parceira, investindo entre trancos e beijos. Depois, sente-se responsável pela mulher que desvirginou. Lembra-se dela com freqüência: "Onde andará minha cria?" Pensa em procurá-la para saber se está tudo bem, como um ginecologista de plantão. Conta para os amigos: "Aquela, fui eu quem pus na vida..." Se acha um ser iluminado, um salvador, um líder, um messias, paizão da vida sexual alheia, o sábio.

No entanto, a edição especial da revista *Trip* é um banho de água fria. Garotas são perguntadas a respeito das respectivas primeiras vezes. A maioria está segura em apontar que a virgindade é um erro. Algumas preferem o chavão "Só se deve dar para alguém que se ame..." A que diz que "tem hora certa para perder" provavelmente ainda não perdeu a sua. Mas o enunciado se basta na velha e boa "Cada um faz o que quer". A estudante de artes plásticas diz que sua primeira vez doeu. A que trabalha no escritório de computação diz: "Foi com 15 anos. Mas foi legal. Não gozei, só senti dor." Tudo parece tão banal, "mas foi legal", incomparável com o brilho enganoso dos troféus que os homens, com orgulho, exibem por aí. Foi a segunda revelação bombástica: o desvirginador masculino tem uma importância eventual, nada de "eterno enquanto dure".

QUEM NÃO SE LEMBRA
DO PRIMEIRO ORGASMO?

A chegada da adolescência é celebrada com a descoberta do orgasmo, e para a maioria, acredito, esta descoberta é feita pela masturbação. Quem não se lembra do primeiro orgasmo? Um estremecer inédito, indefinível, sufocante, de que já tínhamos ouvido falar. Perde-se o domínio do corpo. Como num terremoto, não há o que fazer. "Feche os olhos e sinta." Deixamos de ser agentes para sermos objetos da própria química, que é codificada: prazer.

Lembro-me do filme de ficção científica *Projeto Brainstorm*. Estão desenvolvendo a máquina de entretenimento mais perfeita. Um aparelho ligado a projetor que, instalado na cabeça, faz você entrar no interior do personagem de um filme, levando-o a ver, ouvir, enfim, sentir tudo o que ele sente. Tudo. Numa espécie de mercado de vídeo do futuro, locadoras oferecem sensações diversas. "Entre num faroeste." "Seja você o Indiana Jones."

A empresa diversifica seu produto e deseja explorar o mercado do gênero pornô. Contrata atores profissionais que transam com fios instalados na cabeça. Os fios gravam suas sensações. Ofereceriam, aos consumidores, as possibilidades de transar com loiras (ou loiros), morenas (ou morenos), bastando alugar ou comprar uma fita.

Numa tarde entediante, o editor da produtora resolve montar numa fita os orgasmos de várias produções. Coloca o aparelho na cabeça. Minutos, talvez horas de orgasmo puro. É encontrado morto, no dia seguinte, mas com um sorriso inquestionável. Não deve fazer bem à saúde orgasmo em excesso...

Na adolescência, temos tempo e disposição para desenvolver a sofisticada técnica da masturbação. Existem aqueles que praticam três ou quatro vezes ao dia. Conheci um sujeito que chegava a dormir em cima do braço e pintar as unhas de vermelho para, na masturbação, imaginar que uma mulher o manipulava. As técnicas são trocadas nos corredores escolares: almofadas, chuveiros, mão ensaboada, de ponta-cabeça, com frutas. Alguns lugares exóticos são experimentados: elevadores, cinemas, piscinas, ônibus.

Mais que um hobby, passa a ser uma filosofia de vida. Alguns se inspiram em fotos de revistas ou vídeos pornôs. Mas muitos preferem a imaginação e criam histórias fantásticas, com pessoas que não sabem que são personagens de uma masturbação — e que não ganham direitos autorais pela participação.

Shakespeare: "Somos aquela substância de que os sonhos são feitos. E nossa pequena vida está circundada de sonho."

O CULTO AOS ARMÁRIOS
E A OVERDOSE DE BELEZA

Hoje, ir ao cinema é preparar-se para assistir, antes do filme, a duas mulheres lindas, pra lá e pra cá, tirarem e colocarem roupas, e marcarem um encontro numa galeria de arte. Por fim, entra uma voz anasalada, gemendo "M.Officer". Beleza é fundamental, mas simulacros em excesso beiram a redundante perfeição e criam o tédio.

As primeiras mulheres pelas quais meu coração bateu forte eram estudantes de ciências sociais, ou de comunicação, da USP. Mais que garotas bonitas, tinham cabelos longos, roupas despretensiosas e leves. Viviam o drama de contestar a própria feminilidade, descobrindo os caminhos de uma nova mulher. Reafirmavam o direito ao orgasmo, e orgulhavam-se disso. As mais apimentadas pertenciam à Libelu, tendência estudantil que, não me perguntem detalhes, era trotskista e radical. Namorar uma menina da Libelu era símbolo de status, além de, claro, propiciar alguns momentos no centro da radicalidade.

Hoje, o que se quer é uma bela modelo M.Officer, mulheres magras, com olhares penetrantes e um andar tão natural quanto um Q-suco; pernas cruzadas, trôpegas, que não sei como conseguem andar sem cair ou sem bater o tornozelo numa mesa. Vestem solenemente as calças ou a calcinha como se estivessem fazendo a coisa mais importante de suas vidas. Cultuam seus armários como verdadeiros santuários. As modelos hoje são mitos.

Falta movimento, não de quadris, mas existencial. Como disse Millôr Fernandes: "Existe outra profundidade numa mulher além da do seu decote." Onde andará Palas Atena, deusa da sabedoria? Quase não se vêem mulheres jornalistas, advogadas, prefeitas, ministras ou psicólogas. A maioria está sempre entediantemente bela, deitada num sofá, sem fazer nada; vazias, tão vazias... e o olhar só diz "Eu sou bela, você não é". Que tanto tomam banho, mudam de roupa, passam cremes e fazem charme para as câmeras? Faço aqui a minha sugestão:

"Mulher no seu carro espera o farol abrir. Um táxi bate na sua traseira. Ela desce, vê o estrago e reclama com o motorista. Este nem dá bola. Todos ao redor riem e debocham; machistas. Não dá outra: a mulher arranca o motorista de dentro do carro e enche ele de porrada. Enquanto ele agoniza no chão pedindo clemência, ela chuta a sua boca e vai embora."

Entra voz em off: "Com Valisère, toda mulher fica uma fera."

Ou "Sempre Livre protege você".

Ou simplesmente: "M.Officer..."

O INJUSTO JOGO ENTRE MACHOS E FÊMEAS

A hipótese. Uma mulher muito atraente se aproxima de um grupo de dez homens e diz: "Desculpem interrompê-los. Vocês podem me achar estranha, mas eu gostaria de passar uma noite com um de vocês e depois, quem sabe, fazer amor." Dos dez, oito aceitariam o convite; talvez lutassem até a morte.

O contrário. Um homem muito atraente se aproxima de um grupo de dez mulheres e diz o mesmo. Das dez, sete virariam o rosto, duas cairiam na gargalhada e uma talvez aceitasse.

A sociobiologia é um ramo polêmico da ciência; uma complementação do darwinismo. O comportamento humano é controlado pela herança biológica da espécie? Os humanistas torcem o nariz, e acusam-na de determinista; defendem que o homem tem contradições não genéticas. Edward Wilson diz que a evolução deixou marcas na maioria das atividades humanas: "Adoração, agressão e sexualidade revelam raízes na vida dos primatas."

"A diversificação genética, função última do sexo, é secundada pelo prazer físico", diz Wilson. O homem é um fabricante de espermas. Seu papel biológico é reproduzir incessantemente. A mulher contém um óvulo apenas; carregará dentro de si um novo membro da espécie. Seu papel é selecionar. É a forma de garantir a sobrevivência da espécie.

Hoje, a espécie já está segura, mais que isso, possui o controle da natalidade. Por que apenas uma mulher aceitaria o convite do homem atraente? Para os deterministas, a razão está nos genes.

Em *La Condanna,* último filme de Marco Belocchio, à noite o museu fecha e uma visitante desligada fica trancada. Aparece um desconhecido, também visitante pego de surpresa. Estão os dois e a arte. Ele, hum, após rodeios, baba. Quer possuí-la. Passa a provocá-la. Chega a agarrá-la. Depois de recusas, ela consente. Confessa que dificilmente chega ao orgasmo. Se amam. Ela goza, como nunca havia feito. Quando amanhece, ele diz que tem a chave, e que poderiam ter ido embora. Ela vai à polícia e o acusa de violentá-la.

O raciocínio é cruel e verdadeiro. Enquanto ela imagina que está presa, consente a abordagem e goza como nunca. Quando fica sabendo que havia a possibilidade de saírem do museu antes de transarem, denuncia-o. Admitir seus desejos? Não. Transou porque estava presa, por causa da abordagem insistente do macho, que a "forçou" a cometer um pecado horrendo. Todos vivem em busca do desejo? Inconscientemente, ela queria transar. Conscientemente, não. Este jogo duplo confunde os homens. A verdade é que as mulheres dão menos do que os homens desejam, e os homens desejam mais do que as mulheres dão. Tudo bem, somos uma espécie viva. Mas que os homens se sentem injustiçados, ninguém duvida.

O PINTO ESTÁ NA MODA

Não tem crise no mercado de sexo explícito, resultado de mais uma mudança de hábito trazida pela Aids; está se preferindo investir no imaginário que no contato corpo a corpo. "O pinto está na moda", disse o fotógrafo Rui Mendes, autor de um ensaio fotográfico de mais de vinte pintos, a ser publicado no próximo número da revista *Marie Claire*. Ante o risco da Aids, explora-se o próprio corpo, e para isso, necessita-se de elementos para uma masturbação criativa e segura. "Os homens estão deixando de procurar as mulheres, e buscam a fantasia", explica Osvaldo Cirilo, produtor e ator do espetáculo de sexo explícito *Márcia Ferro em sexus e sexus*. "O público está se elitizando. Executivos com motoristas particulares, casais, mulheres solteiras. Nossos camarotes estão sempre cheios. Vivemos um *boom* do movimento pornô. E no nosso espetáculo, a sacanagem rola pra valer."

E rola mesmo. Se por um lado o cenário é simples (dois pufes, um tapete e um espelho cobrindo o fundo do palco), o espetáculo é cheio de surpresas. Começa já no pico, com Pâmela, uma baiana de origem alemã, espécie de paquita gigante, dublando Elis Regina: "Não quero lhe falar, meu grande amor, das coisas que aprendi nos discos..." Seus movimentos são bruscos, provavelmente parodiando o teatro expressionista alemão. Desesperada, se joga contra a parede constantemente. Chora. Deita-se sobre um pufe. Ela é muito maior que o pufe, o que cria uma imagem em desequilíbrio, provavelmente inspirada em Antunes Filho. Cai no chão. Esperneia. A platéia se comove. Algo de muito sério lhe aconteceu. A violência lembra La Fura dels Baus. Arranca as roupas. Simula uma masturbação. Rola pelo chão. Mexe os quadris, levanta e vai embora.

Na cena seguinte, Crévia Rossales, 19, sósia de Cláudia Ohana, faz poses de modelos da M.Officer. Quebrando o ritmo da primeira cena, seus movimentos são lentos (Bob Wilson?). Tira a roupa e joga-se no pufe. Entra Walter Gabarron, 123 filmes, ator dos sucessos *O Beijo da mulher piranha, Cleópatra* e *Dick traça*. Sua fala é complexa: "Ai que gostosa..." Dá uma cuspidela na mão, lubrifica o membro e, antes de se tocarem, já estão gemendo: é o que se poderia chamar de prenúncio cênico. A cena é complexa. Um sobre o outro. Mudam de pufe. Todo o espaço cênico é ocupado. Algumas posições lembram exercícios de contorcionista. Cada mudança de posição exige um esforço monumental. Parece um tormento. Atrapalham-se; pernas, braços, costas, muitos elementos de composição. É a metáfora do caos, de uma realidade desfavorável, de uma busca vã. É a individualidade que se confronta, ainda que fracasse no final, com grande riqueza de complicações psíquicas. É teatro puro.

NO TEATRO PORNÔ,
O DRAMA É NÃO LEVANTAR

No espetáculo pornô *Márcia Ferro em sexus e sexus,* duas mulheres entram no palco e se jogam nas paredes; a parede, pelo jeito, é um elemento fundamental da trama, um personagem oculto. O diálogo é tenso. "Vamos, tesuda." "Me chama de puta." Se esfregam, tiram a roupa, vão para a platéia e escolhem a vítima. Carregam um dos espectadores para o palco. Arrancam a sua roupa. É um sujeito gordo, mole, que surpreendentemente começa a se masturbar, na frente de todos, enquanto as duas rolam pelo chão, imagem que se abre ao espectador como espaço vital, dois planos, diferentes níveis de linguagem, a solidão e a não-solidão; é a cena que explica a peça. "Quanto mais aberrações, mais a platéia gosta", explica Márcia Ferro, 28.

Na portaria, um sujeito se oferece para fazer o teste. Pâmela, uma das atrizes, está sem parceiro (as duplas são sempre as mesmas; uma parceria dura anos). Os produtores decidem que o teste será durante o espetáculo. "Mas ele sabe a marcação?", perguntei. "Que marcação?"

Todo o elenco vem assistir ao "teste" do novato. A platéia não sabe de nada. Pâmela o traz para o palco. Tiram a roupa. Ela começa um sexo oral. "E se não levantar?", perguntei ao produtor. "A gente apaga a luz e entra outro casal." Primeira música, nada de levantar (cada cena dura em média três músicas, escolhidas pelo próprio elenco). Segunda música, nada. Terceira, o sujeito, sentado no pufe, impassível, enquanto Pâmela, ligeiramente cansada, dá uma pausa, respira fundo, e mãos à obra. Nada. Foram quatro músicas sem que o candidato obtivesse sucesso. Saiu humilhado, apesar de ter protagonizado a cena de maior conteúdo dramático, antiaristotélica, sem passagem de um estado para o outro. "É comum não levantar. Os caras pensam que é fácil. Vêm aqui cheios de pose. Poucos conseguem. É um talento que nasce com a pessoa", disse o produtor. São as contradições do ser humano e a impressão da sua rivalidade em meio à realidade. É teatro.

Grilo, o produtor, é antigo no meio. Começou na boca, fazendo pornochanchada. Atuou em *Anjos do arrabal,* de Carlos Riechenbach, e em filmes de Oswaldo Candeias. Mas só tirou a roupa em 84, no filme *Império do pecado.* De lá para cá, atuou em 112 filmes. Seus maiores sucessos: *Sem vaselina* e *Gozo alucinante.* Até formar com Márcia Ferro a dupla pioneira no sexo explícito. "As pessoas iam nos ver porque não acreditavam que alguém era capaz de transar na frente de todo mundo."

Misto de produtor, roteirista e diretor, cria as fantasias eróticas na cabeça e passa para o papel. É o Gerald Thomas do submundo pornô.

A RIPONGA FOI E VOLTOU

Cai-se em convites de qualquer mais animado, vai-se pela cidade de porto em porto, e a noite acaba numa festa, do por acaso, do sem ser convidado, do não conheço ninguém. Acabei caindo, indo, e na festa da lareira acesa, do último andar de um edifício, num apartamento sem móveis, com vista para toda a cidade, tocou a música: "Lá em Londres vez em quando me sentia longe daqui..." Apontei para o céu. Céus... Isto se deu agora, há uma semana.

Tinham todos de 17 a 20 anos. Perguntavam-se: "Então, entrou na FUVEST?" E alguns dançavam: "No coração do Brasil, no coração do Brasil." Na minha vertigem, olhei rápido ao redor e constatei que se vestiam como eu me vestia há 15 anos, e ouviam as músicas de 15 anos atrás.

O diz-que-diz disse da volta dos 70, dos colares às batas, dos cabelos, do amor, das mesmas cartas, do irracional das datas. Não aconteceu nada nesses 15 anos? Aconteceu: foi-se para longe, para a outra margem punk, e voltou. O Brasil está na moda: forró, axé, tropicalistas. Imagino a nova República dos Pampas sem o pensar nordestino, considerando Luís Gonzaga, Alceu Valença, Glauber Rocha, Graciliano Ramos e Gilberto Freire estrangeiros. "Och..."

Na festa, a bebida era rala, a maconha farta e o som baixo. As garotas estavam lindas, com cabelos soltos e roupas folgadas. Traziam lenha e mantinham o fogo aceso. É uma volta jocosa, pensei, fútil, como tudo nos 90, fútil como dividir os sentimentos em décadas, fútil como a transparência de uma bata.

Até que vi: aquela que estava com aquele está agora com outro, e o outro está bem, e tem uma que não tira os olhos de mim, e sorri, e que tanto sorri?! E sorrio de volta, e ela se aproxima, segura a minha mão, beija ela, e só me diz assim: "Você passa uma coisa tão boa..." E prende a minha mão, e ficamos nessa posição por muito tempo, sem nos falarmos.

Lembrei-me de Swan, que não conseguia dormir sem o beijo da mãe. Lembrei-me de que eu dormia no gramado, depois de comer no bandejão, e que acordava suado. Lembrei-me de Holden Caulfield no Museu de História Natural de Nova York. Lembrei-me de uma excursão do colégio, quando fomos a Viracopos ver o Concorde pousar. Lembrei-me de um congresso da UNE em Salvador, em que eu desmaiei bêbado de pinga. O Concorde não pousa mais no Brasil. Só ele. Mas a prata continua sendo a luz do luar. E o que era antigo vira *new*.

VIDA EM REPÚBLICA É TEMPERADA

Lá vai ele, com uma mala velha nas costas, toalhas e lençóis que não prestam mais, uma pilha de livros e recomendações, e os documentos da matrícula no bolso. Um estudante à procura de república é um de fora, mudando de cidade, de vida e de manias. Alguns pais até sugerem a casa do tio distante, primo do outro mundo ou avó veterana de guerra. Recuse todas. Vá montar sua própria república e divirta-se.

A primeira será com os colegas da mesma cidade que veio; como um gueto, reproduzem a vida do passado nas paredes, no falar e nas lembranças. Nada mais chumbeira do que mudar sem se sentir mudado. Mude! Seis meses é o seu prazo para fazer amigos no campus e organizá-los para uma república. Prefira pessoas de outros estados que, por causa da distância, ficam mais na república e procuram transformá-la no mais próximo de uma verdadeira casa; morei com pernambucanos, que garantiam um lugar para passar as férias, mineiros, mestres na cozinha e na boa conversa, e brasilienses, especialistas no exercício da perversão juvenil.

Homem com homem? Zona, desorganização, banheiro sujo, um mesmo assunto ("mulheres"), muita cueca jogada e nada na geladeira, a não ser aquela frigideira encardida que ninguém se atreve. Mulher com mulher? Poucas sabem trocar a resistência do chuveiro elétrico, consertar a calha, parafusar a grade do portão e correr do ladrão. Fora os tarados da vizinhança, as muitas calcinhas penduradas no chuveiro e o mesmo assunto ("homens"). Minha vida mudou quando montei uma república mista, o que, para a sociedade campineira da década de 1970, era como se tivesse montado um bordeI. Sem contar o equilíbrio que os diferentes papéis culturais trouxeram, foi um excelente obje- to de pesquisa para conhecer melhor as minúcias do miste- rioso sexo oposto; quantas vezes não voltei pra casa, na calada da noite, e servi de confidente, conselheiro e... hum, eu não queria falar, mas, vá lá: amante. Vida temperada, essa...

NOS ANOS 70, MULHERES ASSEDIAVAM SEM CULPA

Entrei no elevador e apertei o térreo. A porta se fechou e começamos a descer. A viagem demorava. Procurei no visor quantos andares faltavam. Já havia passado o térreo e o elevador não parara. Ficou tudo escuro e continuamos a descer. Deu um baque forte quando perfurou a crosta terrestre. Uma luz alaranjada, proveniente das chamas do centro da Terra, iluminou a cabine. Despencávamos no fogo.

Finalmente, desacelerou até parar. Abriu a porta. Entraram três sujeitos com máscaras de figuras de televisão: Hebe Camargo, Boris Casoy e Alexandre Garcia. A porta se fechou e voltamos a descer.

Se a Aids não existisse, teriam inventado. "Não é maravilhoso eliminarmos os homossexuais, devassos, drogados, infiéis, abusados, presidiários, putas, travestis?", um perguntou ao outro. "Jogaremos todos na mesma cova de Marx, Lenin e seus camaradas", este outro respondeu. Os três riram. Gargalharam. E só pararam quando chegamos nas profundezas do inferno onde o elevador abriu a porta e eles me abandonaram. Encostei-me na parede e observei, perplexo, o fogo crispando. O calor era intenso. Fechei os olhos e tentei lembrar.

Lembrei-me de Campinas, 1978. Eu era estudante de engenharia da Unicamp. Dividia uma casa com estudantes de humanas. Todas as noites festejávamos estar vivos. Mas eu sempre perdia o melhor da festa, pois era o primeiro a dormir, enquanto o resto da casa tirava a roupa, subia na árvore e uivava para a Lua.

Numa noite, eu dormia pesado, apesar do barulho. Acordei com a caloura de sociologia deitada ao meu lado. Eu não tinha notado a sua entrada. Fazia calor. Eu estava nu. Ela tirou a roupa, subiu em cima de mim, prendeu meus braços e me comeu. Depois, foi embora, sem mais.

Nos conhecíamos superficialmente. E não voltamos a fazer aquilo. Nunca tocamos no assunto. Por sinal, era namorada de um sujeito que morava na casa. Certamente contou para ele. "Uma experiência nova; deu vontade e pronto." Ficou por isso mesmo.

Isso não aconteceu só comigo. Trepava-se muito. As mulheres se sentiam no direito do ataque e do assédio, sem culpa, sem grandes complexos, nem compromissos fúteis, nem promessas de casamento. Trepava-se para dançar um balé, ao som dos próprios gemidos, ritual sagrado; gozar é um presente dos deuses. Falava-se muito no direito da mulher ao orgasmo. William Reich era citado para justificar o tesão nosso de cada dia; metralhadora giratória. Vivíamos uma euforia erótica, onde tudo era permitido. O que mudou? Aids? Não acredito.

EU QUERIA TER UMA GAROTA
QUE PAGASSE OS IMPOSTOS

Alguns escritores costumam chatear leitores com seus delírios. No começo de *Memórias Póstumas de Brás Cubas* se encontra o famoso delírio em que o narrador, levado por um hipopótamo, assiste, do alto de uma montanha, ao desfile dos séculos, do homem nu e desarmado; Machado de Assis sugere ao leitor que salte o capítulo "se não é dado à contemplação destes fenômenos mentais". Eu tive um sonho. Mude de página, se quiser.

Tudo escuro. Acende-se um refletor. Um facho de luz na minha direção. Estou nu, sobre um palanque. Algumas mulheres me observam. Não me envergonho. Ao contrário, excita-me ser alvo e ter o corpo julgado por elas, tanto que meu pau começa a endurecer.

É o que uma mulher sente quando posa nua? Orgulho próprio? Tesão pelo corpo que tem? Não é possível que faça apenas por dinheiro. Existe, na condição feminina, um exibicionismo que é sutil para umas e escancarado para outras. Batons para aumentar os lábios. Decotes provocantes. Calças justas desenham o corpo. Narcisismo em si, se não me engano, não apenas para seduzir, mas para abençoar a própria mulher. Enquanto a nós, homens, ficou estabelecido que a brutalidade nos pertence. Mishima enlouqueceu quando descobriu que o corpo é superior à mente, e trocou a literatura pela musculação.

Sofro de um narcisismo momentâneo. Adoraria trocar de papel e ser cobiçado, sugado e cantado. Mulheres olhando meu peito através da camisa para desvendar os segredos escondidos, e comentando entre si minhas formas, me dando notas. Queria elogios para meus ombros bem tratados por doses diárias de exercícios e natação. Queria ser leiloado por revistas femininas, disputando a tapas o direito de publicar minhas fotos em poses escandalosas e sensuais.

Adolescentes se masturbariam inspiradas em meu corpo nu. Mulheres me cantariam na feira e na padaria, fazendo propostas indecorosas, chupando os lábios numa demonstração explícita do tesão que eu lhes causaria. Existem monstrinhos que fazem strip em boates onde só entram mulheres. Mas é artificial, falso e cristaliza o deboche, não o tesão.

Queria me olhar no espelho durante horas, me maquiar para realçar os traços do meu rosto, passar uma tarde no cabeleireiro, penteando o cabelo de diversas formas. Queria ter uma "marida" que me sustentasse, que desse porrada nos meus inimigos, que subornasse policiais e pagasse impostos. Em algum século, e Brás Cubas sabe disso, os papéis serão invertidos.

PRAÇA DE PROTESTOS
VIRA PALCO DE TIM MAIA

1975. O jornalista Vladimir Herzog não resiste à tortura e morre nos porões do II Exército. Versão oficial: suicídio. A Igreja organiza uma missa de protesto na Catedral da Sé. Manifestações contra o regime eram proibidas. Mas como proibir uma missa? No entardecer, a polícia monta barreiras para congestionar a cidade e dificultar o acesso à catedral. A praça é cercada para intimidar os que chegam. Agentes do Dops fotografam e filmam os presentes. Havia algo no ar: protesto.

1977. Universitários organizam uma passeata no centro da cidade para pedir o fim da ditadura e a anistia aos presos políticos. Erasmo Dias ameaça: "A polícia vai agir contra esses baderneiros." O governador Paulo Egídio, versão oficial, chama a imprensa e denuncia que os estudantes estão sendo manipulados por organizações "marxista-leninistas". A passeata acontece. O confronto é inevitável. Pancadaria no largo São Francisco, no viaduto do Chá e na praça da Sé. A polícia inova. Bombas de fumaça amarela, verde e vermelha. Lembram uma viagem de ácido. Havia algo no ar: rebeldia.

1984. Mais de 300 mil pessoas na praça da Sé participam de um dos primeiros comícios das Diretas Já. No *Jornal Nacional*, versão oficial, um repórter entra ao vivo e, cínico, diz que aquelas pessoas comemoram o aniversário da cidade. Revoltada, a população passa a gritar: "O povo não é bobo, abaixo a Rede Globo!" Alguns carros da emissora são virados. Repórteres têm de esconder o logotipo da empresa. Havia algo no ar: futuro.

1991. Sábado. Vai atravessar a praça? Esconda o relógio e certifique-se de que a carteira está num lugar seguro. A polícia, agora, é sua aliada, fica ao seu lado.

Algumas prostitutas de 14 anos se oferecem. Crentes pregam "Aleluia!" Doentes por toda parte. Aleluia! Uma centena de desocupados. No espelho d'água, uma menina de 13 anos, moradora da praça, lava roupa. É linda, de olhos vivos. Muitos vão até ela e propõem uma rapidinha. Não. Ela tem de lavar a roupa do seu "marido", Tim Maia, uma gorda que frita a banha no sol.

Fim da tarde. Enquanto ela borrifa a roupa com um desodorante barato, Tim Maia se levanta e decide assaltar mais um. A versão oficial pede para limpar a praça, aumentar o policiamento, proibir os marreteiros; quer, na verdade, esconder aquilo no que o país se transformou. Tentei traçar um paralelo entre a praça de antes e a de depois. Deve haver uma relação de causa e efeito. Alguma coisa deu errado. Não há nada no ar.

TERMINA A DITADURA DO PÊNIS PENETRANTE

A noite de São Paulo, e bem provavelmente de todas as grandes cidades, se divide em duas épocas: a de antes e a de depois da Aids. Se para Freud seguramos uma taça vazia em busca do néctar do prazer, satisfação da libido, talvez o calendário de toda a civilização ocidental deva ser zerado: anos a.A. e d.A.

Há anos, anos a.A., a carência e a solidão paulistana eram curadas com uma idazinha à morada do diabo: Madame Satã, Rose Bom Bom, Napalm, Carbono 14, danceterias, boates, enfim, encruzilhadas. O dilema não era, como hoje, viver ou morrer, mas trepar ou trepar. Trepava-se muito, com muitos. Jogava-se limpo. Construiu-se um pacto pelo tesão coletivo, cujo sentido era viver experiências de contemplação sexual. Trepava-se porque é bom trepar, e só.

Chegava-se tarde. Olhavam-se todos. Flertava-se. Bombas, torpedos e mísseis voavam sobre as cabeças: bombardeio sem sangue. Na luz das explosões, vinham rostos variados, homens, mulheres e variações. Esfregava-se nos corredores. Esbarrava-se nos banheiros. Malhava-se nas pistas. Entregava-se no balcão. Estava para amanhecer. Os chatos já tinham se recolhido. Ficavam os carentes, os sedentos. No ar, álcool, doping e prazer. O único pensamento: "Daqui a pouco amanhecerá. Com quem irei trepar?"

Ia-se embora com a amiga do amigo, a gata no cio. No carro, um limpava o outro com lambidas, carinhos, unhadas e pegadas. Os zíperes já se abriam. Dirigia-se de qualquer jeito. "Na minha casa ou na sua?" Em qualquer lugar... Angeli, o sábio da década, tinha uma personagem síntese: Rebordosa.

Angeli matou Rebordosa. Angeli diz que matou Rebordosa com medo de se tornar seu escravo. Angeli matou Rebordosa porque ela se esconde da Aids. Rebordosa é, hoje, motivo de falatório, desperta preconceito. Rebordosa é passado.

Hoje, d.A., sai-se da morada do diabo com alguns números de telefone no bolso e uma promessa: "Vamos jantar um dia desses..." Os amigos têm reclamado: "Está duro transar com uma garota." As amigas descobriram a demagogia: "Sexo sem amor não dá." Tenho feito enquetes: "Por que não usam camisinha?" Me olham como se eu tivesse declarado que a Terra é triangular. Uma amiga que adorava trepar, e que hoje recolheu-se no casamento, me explica: "Não dá para transar com camisinha. Qualquer movimento mais brusco, ela sai. É uma transa comportada demais, tensa. Temos que ficar atentos à maldita camisinha que pode furar, sair..."

Acabou, até que provem o contrário, o império do pênis penetrante, e chegou a hora de outros povos.

ESPERMA FEMININO ASSUSTA FUTURO DA NAÇÃO

É uma pena que pensar em sexo seja a maior preocupação humana. Gasta-se um tempo precioso procurando "parceiros" (palavrinha antipoética), fazendo a corte, realizando o dito e, para alguns, analisando problemas vindos do dito com especialistas da área, os chamados psicanalistas, seres que devem ser extraordinários amantes pelo tanto que conhecem. Poderia-se ocupar o tempo que se gasta pensando em sexo lendo, por exemplo, os seis volumes que compõem *Em busca do tempo perdido,* de Proust. Mas o paradoxo: Proust não teria escrito uma linha se não pensasse tanto em sexo.

Padres, freiras e derivados não praticam sexo. Todo o tempo é voltado para Deus. É uma sábia imposição dos mandantes da Igreja Católica: impor fidelidade exclusiva ao ser supremo. Antunes Filho proibia os atores do CPT (Centro de Pesquisas Teatrais) de namorarem entre si: as atenções deveriam estar voltadas para o bem da arte. Antunes está próximo de um líder religioso: envolve seus súditos com o poder do conhecimento, aglutina voluntários através do discurso apocalíptico — o fim do teatro! É um gênio.

Pensamos em sexo. Os adolescentes, mais ainda. É cômica a atuação de educadores que procuram se aproximar do universo de seus alunos, e inventam matérias como educação sexual. Estudei num colégio de padres. Sabíamos mais da matéria que o padreco escalado para ministrá-la. Houve uma aula em que ele nos ensinou a namorar. Disse, com convicção, "que não se deve beijar a garota na frente de parentes".

Nos tempos da Aids, imagino a quantidade de besteiras que se tem dito ao futuro da nação. Alguns estudantes de psicologia da USP, com verba da Fundação MacArthur e bolsa de iniciação científica da reitoria, montaram um grupo de pesquisa para atuar numa escola do bairro de maior concentração de portadores do vírus de São Paulo. Passaram questionários e fizeram entrevistas para conhecer o perfil cultural, as crenças e as atitudes em relação à Aids dos alunos que já têm vida sexual ativa. A maioria se julga fora do grupo de risco e não usa camisinha. Muitas das garotas não sabem o que é esperma. Somente 23% delas gozam. Uma garota que pediu para o parceiro colocar camisinha foi chamada por ele de vagabunda. Outra acredita que sexo anal, em si, mesmo que o outro não esteja contaminado, é suficiente para pegar o vírus. Alguns garotos referiram-se ao misterioso "esperma feminino". E por aí vai...

Quem se lembra da atuação do Sindicato das Escolas Particulares de São Paulo frente ao caso Sheila, aluninha de poucos anos expulsa por ter o vírus HIV? Os responsáveis pelo ensino estão banhados na gorda imóvel imbecilidade, fruto de ignorância, preconceito e autoritarismo. Na era Aids, isso é crime. Deveriam ser apedrejados como Mussolini.

SEXO ASTRONAUTA ACABA COM ERA PÊNICA

Por que você é homem? Por que você é mulher? Estas perguntas foram feitas a estudantes de segundo grau pelo Departamento de Psicologia Social da USP. Oitenta por cento dos garotos responderam que são homens porque têm pau. Já a maioria das garotas ignorou suas respectivas vaginas. Responderam que são mulheres porque são "sensíveis" e "femininas". A vagina é um mistério para suas donas (está escondida, ou são as mulheres que se escondem dela?). Recentemente, só recentemente, descobriu-se que existe uma ejaculação feminina que flui no orgasmo.

O pau. Monumentos foram erguidos a ele: obeliscos, antenas, arranha-céus; totens. Pica, piroca, pinto, cacete, caralho, rola, geba, mastro... Para um homem, é sua identidade, sua arma: lança, espada, vara. Como embrulhá-lo num plástico?! A Aids está tirando o sono da espécie. É a morte da era "pênica".

O pau não é mais o mesmo. Sozinho, representa perigo. Só é bem-vindo se vier coberto por látex lubrificado; sempre acompanhado de uma fêmea de Vênus. O maior grupo de risco dos dias de hoje, os adolescentes, são os que mais resistem aos novos tempos. Como negociar a camisinha na relação? Exigir camisinha é acusar o parceiro? Diminui o prazer? Andar com camisinha no bolso não é delatar promiscuidade?

Estudantes do quarto ano de psicologia da USP arregaçam as mangas e atuam numa escola municipal do centro de São Paulo. Depois de passarem questionários e fazerem entrevistas, dividiram os alunos em dois grupos focais: 15 homens e 15 mulheres. O objetivo é convencê-los de que podem pegar

Aids e podem mudar o comportamento em vez de pararem de transar. Num segundo passo, os adolescentes são convidados a montar histórias que abordem o tema; curiosamente, contaram histórias de personagens drogados, homossexuais e prostitutas, ninguém próximo a eles. Em seguida, são levantadas as dúvidas. Modelam um corpo humano com uma massa de farinha, água e sal, e manipulam este corpo, trabalham a sexualidade procurando desgenitalizá-la.

Finalmente, o ponto alto: a instrumentalização do sexo mais seguro, apelidado de "sexo astronauta" (descobrir a erotização com a existência da Aids). É usado o kit Aids: pepino ou banana, camisinhas, lubrificante e Magipack. Manipula-se o material. Banaliza-se a camisinha. Procuram colocá-la com a boca para que a camisinha não simbolize uma interrupção do ato sexual. Uma dica que, confesso, experimentei: lubrificá-la por dentro com K.Y. Johnson. O látex gruda na pele; nem parece plástico, e aumenta o prazer! Com uma camisinha rasgada ou com Magipack, incluindo o lubrificante mágico, pode-se praticar sexo oral na garota. Não é o fim, é?

MACHO TEM MEDO DE FÊMEA, MAS PAGA PRA VER

Deveria haver, no orçamento familiar, uma verba destinada às atividades sexuais dos filhos, particularmente dos adolescentes, cuja libido é inversamente proporcional à quantidade de balas na agulha. Existem interferências no canal pai & filho, resultado de preconceitos e tabus, que fazem da vida sexual do segundo um drama. Nenhuma mãe suportaria ouvir de sua filha: "Me empresta uma grana para eu comprar camisinha." Facilitaria a vida de todos se, numa gaveta, semanalmente, fosse depositada uma féria para tal fim; fundo libido, fundo perdido.

Para os duros da minha época, havia a Olga. Não existe mais. Olga era um puteiro num sobrado situado na avenida da Consolação. Era freqüentado basicamente por adolescentes cujas mesadas eram incompatíveis com prazeres mundanos — porém, legítimos. A Olga e o TED (Terror das Empregadas Domésticas) não existiriam se garotas de 14 anos se sentissem atraídas por membros da mesma espécie e da mesma idade, ao invés de preferir jogar suas tranças sobre ombros que seguram volantes etc. Sexo é caro, dramático, vital para os 14, 15, 16 em diante.

Uma ida a Olga, enredo em três atos, se aproximava de um drama shakespeariano. Não se ia sozinho; adolescente tem tesão e medo de mulheres, mais medo que tesão; de um lado, seres com coisas penduradas, explícitas; do outro, seres com lábios entrelaçados, misteriosos, onde não se vê uma entrada, logo, não se imagina uma saída. O que tem no túnel? Vou enfiar meu bem mais valioso no desconhecido? São comuns os sonhos de vaginas dentadas. Aliás, não são sonhos, são pesadelos.

Primeiro ato: a Porta. Na porta, tocava-se a campainha e aguardava-se na calçada da Consolação, avenida movimentada e, por isso, constrangedora. Todos, no bairro, sabiam o que aquela porta significava. Demoravam para atendê-la. Pedestres nos apontavam, nos hostilizavam. Escutavam-se, finalmente, os passos de uma das meninas. Ela abria a janelinha e perguntava, cínica (fala de forte conteúdo dramático): "Pois não?" Como pois não?! Queremos entrar. Mas quais palavras usar? A segunda fala era sarcástica: "O que desejam?" Balbuciava-se qualquer coisa, que saía com dificuldade ante o nervosismo da circunstância, e que encerrava o primeiro ato.

O cenário do segundo ato era uma sala, com a TV acesa, umas meninas tricotando sentadas no sofá, esperando o abate. Pagava-se para Olga, senhora isenta e respeitável. A cena tem seu clímax na escolha. Todas param o que estão fazendo e te encaram. "Aquela... Não, essa... Não, aquela..." Escolher uma é julgar e desprezar as outras; aflora-se o darwinismo social. É um momento triste que revela a competição que existe nas relações humanas. Terceiro e último ato: o Ato. Esqueça.

SEJAMOS HONESTOS: SOMOS TODOS VEADOS

Que fim levou Robin? O menino prodígio, personagem de um drama edipiano, era uma tremenda invenção. Robin éramos nós, garotos inquietos, inexperientes e atrapalhados, cercados por problemas aparentemente insolúveis, com ambições de salvar o mundo. Vivia na sombra de Batman, como nós vivemos na sombra do pai, do irmão, do primo ou do amigo mais velho.

Tinha um jeito meio veadinho. Habitava no limbo da afirmação sexual. Como nós, garotos, que confundíamos os papéis que se estabeleciam na relação com o melhor amigo (companheirismo? cumplicidade? paixão? ódio?), amigo este que foi testemunha das nossas primeiras descobertas sexuais; o crescimento de ambos os paus e pentelhos era comentado e observado; comparações eram feitas.

Alguns amigos partiram para o troca-troca. É uma marca no passado dos homens que nunca é lembrada na mesinha do bar, onde assistimos à garota passar. Poucos admitem, em público: "Fiz troca-troca quando criança." E os que admitem declaram que foram ativos, nunca passivos. Na maioria das vezes, não se toca no assunto. Poucos poetas tiveram coragem de exaltar tal pecado.

Na adolescência, admiramos paus alheios. Seus formatos, suas medidas; medimos com régua, tiramos o perímetro. Mas, ao nos tornarmos adultos, entramos num banheiro público sem olhar para os lados.

Dez anos atrás, estava na moda os homens darem; brinquinho na orelha, homens cumprimentando homens com beijinho na boca etc. A bissexualidade ganhava espaço na mídia; o homem narcisista, dionisíaco, o culto ao corpo. A onda era o prazer acima de tudo, o cultivo do lado feminino: "Desreprimir, cara." Pregava-se: sem tesão não há solução. Nesses anos, éramos todos veados.

Veio a Aids e silêncio cobriu os céus. Lendo um jornal da semana passada, descobriu-se que homossexuais assumidos não conseguem emprego. "São mínimas as chances de um homossexual trabalhar na área de vendas", afirmou a selecionadora da Basf, Márcia Regina Dea. Acompanhamos pela imprensa o drama de "João", que viveu dez anos com Marcos Daniel Pereira (morto de Aids em 1990), e desistiu de entrar com um pedido de pensão no Instituto de Previdência do Estado do Rio por pressão da sociedade e medo de perder o emprego. O juiz do caso foi taxativo: "Bichinha não tem o mesmo direito que trabalhador."

Os padres são castos. Soldados e bandidos são machos. No entanto, e os homossexuais sabem disso, a maior incidência de homossexualismo está nos seminários, nos quartéis e nas cadeias. Ora, sejamos honestos: somos todos veados.

INVEJAR HOMOSSEXUAIS NÃO É PECADO

O convite para a festa recomendava: "Venha montado." Como eu não tinha conseguido arrumar um cavalo ou um jegue, fui montado na minha cadeira de rodas. Temi ser barrado pelo porteiro por não estar devidamente montado. Perguntei a ele se o ambiente era "familiar". Não entendeu minha ironia, mas me deixou entrar. Era uma da manhã, e não havia ninguém na festa, exceto Madonna no telão e uma garçonete atrás do balcão. Puxei assunto com a segunda. Perguntei o que é estar montado, afinal. Disse que é estar vestido de uma forma original. Comentei que eu ganharia o prêmio de originalidade: não haveria outro montado numa cadeira de rodas. Ela não riu. Poucas pessoas riem do humor negro de um deficiente. Paciência.

Algumas horas depois, a festa estava cheia. Dez homens para cada mulher. Perguntei à amiga garçonete se era uma festa gay. Não muito amistosa, reclamou que eu fazia muitas perguntas. Tudo bem. Ela trabalha. Eu... Fiquei no canto, observando os montados dançarem. Um amigo paraplégico me anunciara, como se fosse um passo importante da sua vida, que agora ele dança no meio das pistas com sua cadeira de rodas. É muita coragem. O caminho de Kafka: "A partir de um certo ponto não há mais retorno. Esse é o ponto que se precisa atingir." Estou longe disso.

Ou todos, na festa, eram variados, ou os homens dos 90 estão se espelhando nos gays. Espero que dêem. É das experiências mais radicais. Os homossexuais masculinos merecem respeito por isso. Não deve ser fácil, para quem nasce num mundinho machista etc., arriar as calças e pedir: "Enfia tudo." Um veado é muito macho. Li no manual de sexo seguro do Gapa que dar é das experiências que propicia maior prazer ao homem; o mesmo manual cita que ter um antebraço enfiado no ânus é "A" experiência de maior prazer. Uau! Está certo que o manual foi escrito por homossexuais. Mas é bom ouvir a opinião de quem já fez sexo com muitas variações. Para mim, um homossexual é aquele que escolheu viver no olho do furacão.

Quando eu tinha 18 anos, morei numa casa com seis amigos, dos quais quatro eram homossexuais. Não, eles não ficavam me cantando. Respeitava-se a opção sexual de cada um. Chá de cogumelo era a droga mais consumida. Vivíamos, todos, compartilhando as imagens estranhas e deformadas vindas do chá; as lâmpadas costumavam crescer, até ocuparem todo o teto; ninguém dormia com medo das lâmpadas. Muito se falava nessas noites, e havia, entre eles, uma cumplicidade da qual eu não fazia parte. Riam de coisas que eu não enxergava. Eram superiores a mim. Era como se tivessem tomado a mais forte das drogas, e eu não entenderia jamais, exceto, claro, se entrasse para o time. Nunca entrei. Me resta mistificá-los e pedir bênção.

LUTA DE CLASSES NO AMOR
TEM SUCESSO GARANTIDO

Um garoto pobre, aspirante a toureiro, ganha a sorte grande ao cruzar, por acaso, com o melhor treinador de toureiros da Espanha. Treina, treina. Entra na arena e dá um show. Está descoberto. Não demora muito, vira celebridade: "grana, fama e você". Casa-se com a namoradinha dos tempos de pobreza. É assediado por uma aristocrata gostosa viciada em cocaína. Está declarada a guerra entre os dois mundos: luta de classes no amor. Tem um caso com a rica, enche a cara, gasta sua concentração em festas, vicia-se em pó e perde o reinado. Final do melodrameco: é abandonado pela rica (que o troca pela nova revelação nas touradas), perde a fama e volta cheio de amor pra dar para sua pobrezinha. O filme chama-se *Sangue e areia*. A aristocrata é vivida por ninguém mais que ela, a estonteante e deusa, céus, Sharon Stone. O filme foi um fracasso de bilheteria; passou na TV outro dia.

Segunda história. Um pobretão, Montgomery Clift, vai trabalhar na fábrica do tio-distante-rico. Tem um caso com uma colega operária pobretona, apesar da proibição de empregados namorarem. Tempos depois, o tio, em visita rara à seção, dá de cara com o sobrinho e convida-o para uma festa na sua mansão. O pobretão dá um cano na pobretona, e vai. Lá, conhece uma amiga da prima (amiga linda e rica, óbvio), vivida por Elizabeth Taylor nos tempos do desinchaço alcoólico. Amor à primeira vista. O tio o promove. Dois mundos, novamente: o da namorada pobre e chata, agora grávida, e o da menina rica e bacana. A pobre grávida descobre a existência de uma concorrente e exige um casamento, ameaçando chantageá-lo com a gravidez. É o azar na sorte; passou do tempo, e a calda de açúcar queimado vitrificou.

Montgomery decide matá-la. Vão a um lago deserto, entram num barco e, antes de ele dar uma remada na cabeça da chata, ela cai na água e morre afogada. O caminho parece livre para viver um grande amor com ela, quem, Elizabeth Taylor de 20 aninhos. A polícia o descobre. É preso e condenado à cadeira elétrica. A rica, amando acima de tudo, perdoa seu amado e ainda tenta salvá-lo. Mas é tarde, e ele é executado. É uma história de doer. Ao contrário do primeiro, este filme fez um tremendo sucesso.

Melodrama, segundo Eric Bentley, guru de Paulo Francis, é o drama que tem seu estopim através de conseqüências externas, tipo um terremoto que mata uma família, uma árvore que cai na cabeça de um carteiro, uma aristocrata viciada em pó que acaba com a vida de um bom menino. O oposto, o não-melodrama, começa das vísceras, tipo o pai maluco que mata seus filhos, o carteiro que queima as cartas por ciúmes, o pobretão que procura matar a namorada pobre pra subir na vida. O que intriga é: por que o interesse do público pelo drama visceral de luta de classes no amor? Por quê? Diga você, por quê?

NASCEMOS DE PIJAMA, ESQUEÇAM A CENSURA

Olhe aqui, no fundo dos meus olhos, e diga: o que tem de mais a amaldiçoada vinheta de carnaval Globeleza? É uma garota angelical, com um corpo invejável, aparentado da realidade virtual, com um obstáculo: é real anjo negro. O Brasil procura a fuga desse longo percurso do caos. Foge-se das meninas de rua das praças centrais, que oferecem seu corpo (sexo) por uma ninharia. Foge-se do incesto e estupro corriqueiro na vida de adolescentes periféricos, que são obrigados a transar com pais, tios, irmãos e primos fortes; basta ir a uma casa-abrigo de menores carentes do SOS Criança, para constatar que muitos foram estuprados por parentes próximos. Esconde-se da própria língua, toda ela pontuada por expressões fortes, palavrões e muita malícia. Foge-se da existência de homossexuais nas Forças Armadas. Iria ferir o código de superioridade aparente diante do inimigo? Criaria o pânico entre a população indefesa, já que se acredita que homossexuais são frágeis? A censura volta, aqui, no mundo, em muitas formas de expressão, em muitos picos do cotidiano. A censura sai do coma. A censura está solta. A censura foi chamada para esconder um homem doente. É o escudo. É a mentira. Não existe imagem mais comovente que a de dois homossexuais trocando carinhos, de mãos dadas, se beijando, apaixonados, censurados, escondidos. Tais casais estão proibidos de demonstrar qualquer afeto em locais públicos. Casais, no começo do século, não se beijavam em público, nem "na frente das crianças". Casais de homossexuais só se revelam em casas de amigos ou entre quatro paredes. Quando os vejo se beijando, é a visão de um exilado num encontro de fronteiras tendo poucos minutos para tocar no companheiro antes da polícia chegar. Não se vêem homossexuais resolvidos em novelas, somente os afetados, que denigrem a imagem do grupo, ou criminosos histéricos que o são por desvios na sexualidade. Não se confia na capacidade de guerrear de um soldado gay. Pau neles!

Numa semana, acompanhando o noticiário, tem-se a notícia: homossexual espancado por três soldados americanos, revoltados com a decisão de Bill Clinton de abrir as Forças Armadas para os homossexuais; anjos e orixás do artista plástico Siron Franco são proibidos de enfeitar o carnaval goiano; a música *Big boys bickering*, de Paul McCartney, que emprega a palavra foder (*fuck*) cinco vezes, não toca num especial do músico na MTV; o presidente das Organizações Globo, Roberto Marinho, alerta seus empregados para não "exagerar na permissividade" nos programas da empresa.

Senhor juiz, pare, agora! Esqueça a nudez. Nascemos já de pijaminha e não pensamos em sexo, nos reproduzimos por pensamentos não permissivos. Somos uma espécie limpa e sem defeitos. Somos a imagem de Deus.

PROIBIÇÃO DE ABORTO É TRABALHO DE HOMEM

O Brasil foi dos últimos países a abolir a escravidão. Será dos últimos a liberar o aborto. O cancro da Inquisição, as palavras de Deus e o imobilismo cultural formam um lobby coeso, comandam o país inercialmente, administram o caos a ferro. Morram, filhas do senhor, nas garras do clandestino! Tenham seus úteros perfurados! Que o diabo as tenha!

Cientistas americanos filmaram um feto de três meses (prazo limite para um aborto sem cirurgia). O serzinho tinha um pseudo-rosto. Tais imagens foram veiculadas num comercial dos anti-aborto-livre. Chocou corações mais sensíveis. Houve passeatas, debates, protestos nas clínicas. Em vão: o aborto, nos EUA, continua discriminalizado. *Of course.*

Mata-se um ser vivo? Ora, matamos, diariamente, dentro de nós, centenas de vírus e bactérias, seres vivos. Mas tinha um rosto?! OK, quando se estabelece o limite? Um espermatozóide não tem rosto. Um óvulo, idem. Então, espermicidas podem. Um óvulo fertilizado não tem rosto. Então, DIU pode. Um feto de três meses tem rosto. Então, aborto não pode? É uma justificativa pobre e infeliz, tanto, talvez, quanto a minha. Mas o que dizer da saúde de tantas mulheres, futuras mães, que são empurradas pelos homens da lei aos clandestinos?

Na era pré-camisinha, ele e ela, 17 anos, se apaixonam, começam a namorar, viajam juntos. A sós na mesma cama, ainda sobra tempo para ela anunciar: "Goza fora. Estou fértil." Tal paixão cresce quando os corpos se juntam, quando um corpo engole o outro, quando o ritmo aperta. Tal paixão explode, quando o orgasmo faz seu caminho. Ele vai tirar. Ela pede:

"Não!" Ele junta forças, tira mas não tira, e não se sabe quanto jorrou para dentro. Segundo dia. "Não se esqueça de tirar." Mas, na explosão, ela repete: "Não!" Não tirou, em busca do ciclo completo. No terceiro, quarto e quinto dia, ela nem se dá ao trabalho de avisar: "Já não tirou no primeiro..."

Ficou grávida. Suspeito que quis ficar, para provar que abandonara a infância, para anunciar seu status mulher, para jogar seu corpo à prova, provar as leis naturais, se ver em acordo com tais leis. Irresponsável? Não, humano. Pagou um preço alto por tanta curiosidade. Dr. Clandestino, ambiente soturno, vida em risco, polícia pode chegar. Esconder dos pais e desconhecer os danos da sucção. Tinha só 17 anos, tão apaixonada... Cedo demais para sofrer.

VOU LARGAR TUDO PARA TOCAR PANDEIRO NO TITÃS

Se por uma sorte eu ficar na frente de Marisa Monte, darei um tiro na cabeça e, antes de morrer, balbuciarei: "Você é tudo, eu sou nada." De noite, na cama, fico pensando naqueles que conseguem ser mais que simples mortais como eu, como você, como a maioria. Por que não nasci belo, completo, moderno e chique? Por que pertenço à massa duvidosa que duela com a própria imagem em frente ao espelho, se punindo por ser apenas mais um, entre tantos anônimos, inúteis passageiros, quando podia ter nascido Caetano Veloso, Guimarães Rosa, Marisa Monte ou um dos Titãs? Por que não cheguei aos pés deles, nasci isso, essa coisa, coisa boba, pequena mostra do que as musas propõem? Ofereceram-me a vida, e desperdicei a chance de ser um Nijinski, um Fellini, um Titã do Iê, Iê, Iê. Conheço os Titãs há tempos. São bons. Nascemos na mesma praia. Alguns, amigos de infância. Algumas namoradas em comum. Assisti ao primeiro show, no Sesc; capenga, ingênuo, fazendo cover da propaganda "A baratinha só pensa em DDD". Mas o tempo aumentou a distância. Numa viagem para Brasília, embarcamos no mesmo avião. Iriam dar um show num ginásio. Eu, participar de uma feira de livros. Aos 28 anos, perto deles, já me sentia um intelectual velho, amassado pelos conceitos; até hoje não me livrei da bengala acadêmica, freqüentando aulas de mestrado, buscando aprender algo que talvez não possa ser ensinado, sem nunca me sentir assado ao ponto. No desembarque, meu amigo Ivan, velho boêmio, baixo, barrigudo, feio como eu, me esperando numa alegria literária, ansioso por me mostrar os novos bares da cidade. Havia 13 garotas, as mais bonitas e gostosas de Brasília; muito arrumadinhas e perfumadas; cabelos esvoaçantes; ansiosas para o amor. Pergunto a elas o que faziam no aeroporto. Esperavam os Titãs, lógico. Olhei para a barriga do meu cicerone e senti a amargura de não ter nascido um Titã.

Eu queria ser um deles, segurar uma guitarra e fazer cara de mau, ter o camarim cheio de chiques e modernos, freqüentar a MTV, ser bajulado por poetas concretistas que já bajularam os tropicalistas e são mestres na arte de bajular os seus seguidores, como se Deus devesse algo aos homens. Mas não. Intelecto, ora bolas, se perder pelo labirinto do conhecimento, enquanto Marisa Monte existe, tem um pulso que ainda pulsa, se banha com flores aromáticas, dorme só de calcinha e toma suco natural todas as manhãs. Ah, meu amigo, vou me aposentar, largar essas noites solitárias na frente de um computador gelado que não canta, não tem cheiro, não me ama. Abandonar as páginas incertas e, se me aceitarem, tocar pandeiro com os Titãs.

O CORAÇÃO DE XUXA BALANÇA PELOS IMORTAIS

Tom Zé, agora descoberto pelos americanos, errou na profecia mas acertou na música em homenagem à musa das focas, Brigitte Bardot: "A Brigitte Bardot está ficando velha e com cara enrugada; / será que algum rapaz de 20 anos vai telefonar, minutos antes dela tentar se suicidar?"

As loiras habitam extremos. Existem as condescendentes com o regime, tipo Hebe e Rosane Collor. Do outro lado, Marilyn Monroe e Madonna chocam. Vera Fisher começou santa, passeou pelo pornô, até se encontrar no hall das grandes atrizes; às vezes, fofocas de sua relação edipiana escandalizam a massa. Já Xuxa percorreu o caminho inverso. Iniciou sexualmente um baixinho no filme de Walter Hugo Khoury *Amor, estranho amor;* depois, virou santa. Voa para o trono de rainha numa espaçonave cheia de lábios provocantes. E apesar da fama, grana e sucesso, vive na solidão — que ela própria construiu.

Na Grécia havia uma mulher, um mito, extremamente bonita e charmosa. O nome dela era Psiquê. Era cultuada e adorada por todos. Chamavam-na de "a nova deusa do amor". Mas exatamente por possuir tantos "predicados" nenhum homem jamais a possuiu, nem ao menos se aproximou de Psiquê. Ela era bela demais para ser amada por um reles mortal.

Afrodite, a verdadeira deusa do amor (loira, por sinal), enciumou-se de Psiquê e enviou para resolver o assunto ninguém menos que seu filho, Eros. Ele tinha ombros de marfim, uma boca que exalava perfume de ambrosia, um rosto quase perfeito e cabelos loiros. Eros espalhava vida e alegria sobre a Terra.

Eros desceu do Olimpo à Terra com suas asas de ouro para acabar com Psiquê. Mas eis que o nosso deusinho apaixonou-se perdidamente por essa nova deusa do amor, e após passarem uns apertos por causa da ira de Afrodite, Eros conseguiu levar Psiquê para a casa dos deuses. Ela se tornou imortal e os dois foram felizes para sempre.

Pelé não é deus, mas é rei. Foi o primeiro Eros na vida de Xuxa. Ayrton Senna não é rei, mas é considerado quase um deus. Foi o segundo. O coração de Xuxa balança pelos imortais. Não basta ser homem, tem de ter troféus. Mais que isso, tem de ser recordista, o que tem mais troféus.

Como a produção de reis e deuses no Brasil é escassa, Xuxa não tem namorado. Vive com a agenda repleta de trabalho, cercada por animais de estimação, crianças barulhentas e mães histéricas. "Será que algum rapaz de 20 anos vai telefonar..."

XUXA E ELISÂNGELA TÊM O MESMO APELO SEXUAL

Não é de hoje que apresentadoras de televisão despertam sentimentos proibidos nas crianças. Paixão? Tesão? Passei as tardes da minha infância em frente à TV, deliciando-me com o charme e o formato mignon de Elisângela, assistente do Capitão Aza.

Antes do Capitão encerrar o programa a bordo de sua nave, onde dava conselhos do tipo "espinafre é gostoso e faz bem", Elisângela, que agora pode ser vista na reprise de *Tieta do Agreste*, sentava-se numa arquibancada com dezenas de pestinhas que mandavam beijos e tchaus-tchaus para suas famílias.

Aos dez anos de idade, mobilizei meus pais para me levarem à gravação do programa. Que Capitão, que nada. Queria ficar próximo daquela moreninha gostosa. Tive sorte. Consegui sentar-me ao seu lado, passar o braço no seu ombro e ter o rosto, por uns 30 segundos, transmitido para todo o Brasil, com um sorriso que delatava minha felicidade.

Vivi alguns dias de glória. No colégio, tornei-me uma celebridade. Todos queriam saber detalhes de minha tarde com Elisângela, e da profundidade de nosso recém-construído relacionamento. Declarei, iniciando minha longa carreira de mentiroso, que iríamos nos casar em breve.

A musa hoje é loira, magra, doce e branca, quase transparente. Oposto de Xuxa, Elisângela era baixa, bunduda, morena e brava. Há o mesmo apelo sexual nas duas. Mas as diferenças são brutais. Elisângela é passado, Brasil antigo. Simbolizava a babá baiana que ganhava "um mínimo e meio" e que vivia dando broncas, proibindo as crianças de atacarem a geladeira.

Xuxa, moderna, simboliza uma baby-sitter muambeira. Chega como um furacão. Liga a TV, o som, tudo ao mesmo tempo. Num fôlego só, fala ao telefone, brinca com as crianças, ataca a geladeira e, de 15 em 15 minutos, tenta vender um produtinho que trouxe consigo. Vai embora numa espaçonave prometendo voltar.

A primeira, hoje, faz pontas em novela das seis. A segunda está na lista da *Forbes*, não dá conselhos nem fala em espinafre, e aparece, a cada semana, com um produto novo de sua grife. Recentemente, alguns doentes mentais têm freqüentado o seu programa. Eles choram, babam no microfone, e ela diz nas entrelinhas: "Sou linda e rainha, mas tenho compaixão com o mundo miserável destes débeis."

Existe apoio pedagógico? Especialistas da área foram consultados? Ela deforma a luta contra o estigma dos portadores de deficiência? Blá, blá, blá. Que se dane tudo! Talvez nada exista para ser aprendido na TV, e que seja festa, ilariê *forever!*

DEUS MISERICORDIOSO, SALVE A RAINHA XUXA

Estive em Florianópolis na semana passada para participar de um congresso. Fiquei num hotel onde Xuxa se hospedaria no fim de semana para dar um show na cidade. Havia muita expectativa entre os funcionários. Pareciam em transe, afinal, iriam servir a fada, a magia, a rainha. Está no nosso inconsciente coletivo o comportamento servil ante a supremacia da corte. Transferimos nossa carência plebéia a mortais endeusados. Rainhas do rádio. Rei do futebol. Rei da soja. Já fomos um reino. Acabaram com ele há mais de cem anos. Sentimos falta de uma mão para beijar, ou de uma rainha para reverenciar. Xuxa é a nossa rainha.

Sábado, o grande dia. Boatos espalhados pelos corredores do hotel diziam que Xuxa chegaria às dez da noite. Desde cedo, algumas crianças se plantaram na porta para ver a rainha passar. Seria um dia muito especial na vida de cada um. Talvez o dia mais feliz de suas vidas.

No início da noite, o hotel estava cercado por fãs. Chegavam muitas crianças com malinhas para se hospedarem no hotel. Eram trazidas por pais que preenchiam a ficha, pagavam a diária e iam embora, deixando seus filhos viverem um dia na corte. Algumas vestiam-se de paquitas. Outras carregavam cartazes, fotos, capas de discos e presentes para a rainha. No lobby, cantavam a todo tempo músicas da Xuxa, dentre elas a preferida: "Ilarilariê..." O clima ganhou contornos de fanatismo religioso. Pensei que talvez Xuxa fosse a reencarnação de Antônio Conselheiro, também monarquista.

O gerente chegou com a má notícia. Iria atrasar. Chegaria depois da meia-noite. Nem por isso seus súditos arredaram o pé. Ao contrário, passaram a cantar mais forte, como se na canção estivesse a magia de trazê-la dos céus para o mundo dos mortais. Três e meia da manhã. Fui acordado por uma explosão de gritos. Ela finalmente chegara. Num coro uníssono, a plebe gritava seu nome, cantava, batia palmas e chorava. Demorou uma meia hora para sair do ônibus, até a segurança fazer um cordão de isolamento. Passou cercada por cinco gorilas, acenando para a multidão. Entrou no hotel. Fecharam a porta nas fuças dos baixinhos. Uma segunda multidão, hóspedes do hotel, a cercou. Sem abandonar seus cinco gorilas, distribuiu figurinhas autografadas.

Foi tudo muito rápido. Subiu para sua suíte, de onde não saiu mais. É triste. Está presa numa coroa que ela própria criou e alimenta. Está sozinha. Faz bem para o seu povo. Sua existência preenche vazios, mas não a livra dessa profunda solidão. Que Deus tenha misericórdia e salve a rainha.

PEITOS DE GAL ARRASTAM MULTIDÕES

Conheço mulheres que se masturbam pensando em madeira, ferro, algodão, areia do mar, vento morno, céu estrelado. Conheci pessoas que tiveram sonhos eróticos com carros, cavalos, bicicletas, bens duráveis, e atingiram o clímax (gostou do "clímax"?) na curva acentuada de uma estrada, no mudar de marcha, no apertar de botão.

Quando eu vim para este mundo, não atinava em nada, pelo contrário, pouca história para contar, sexo envolvido em nenhuma delas. As paixões brilhavam às noites, na ante-sala de sonhos profundos, ali, nos sonhos não sonhos, digo, pensamentos. Tesões não identificados por parentes e amizades não correspondidas. Uma ereção fora de hora, uma mão fora de lugar, e vai e vem, vai e vem, procurando controlar a respiração e o silêncio, para não dar motivo aos ouvidos da maldade alheia.

Lembro-me, como se fosse hoje, de um sonho com Gal Costa, em que trançávamos pernas, e ficamos nisso por um tempo razoável. Quantas noites não dormi, a rolar pela cama, a sentir essa coisa que não podia explicar. Faço uma canção singela pra ela? Um anticomputador sentimental? Uma canção para gravar no disco voador? Não, escrevi uma carta, endereçada à gravadora Polygram: "Querida Gal. Tenho poucos anos, e muitos sonhos com você. São assim:..."

Minha esperança era a música "Meu nome é Gal, e desejo me corresponder com um rapaz que seja o tal... que ele tenha defeito, ou traga no peito crença ou tradição". Escrevi uma, duas, três cartas, e não recebi resposta. Não era, então, um rapaz que era o tal.

Gal era, é, muito mais musa que muitos pensam. Levas atenderam ao refrão "É preciso estar atento e forte, não temos tempo de temer a morte". Nos seus shows, no canto do palco, um garoto se agarrava à guitarra como se agarrasse uma metralhadora INA, e dedilhava até sangrar as mãos; Lenny, o guitarrista, que provavelmente sumiu num disco voador.
Gal, finalmente, abriu a camisa e "mostrou sua cara". Então sou assim. Tomem, meu presente. Levem ele para seus sonhos não identificados. Gerald sabe que baiana não entra no samba para ficar parada, e deixa a mocidade louca.

MADONNA MANTÉM DISTÂNCIA DO VAMOS AOS FATOS

Dois bafafás eróticos acontecidos no *showbiz* (ninguém mais usa esta expressão?) escandalizaram. Um foi dela. *Who?* Madonna, aquela que dança mal, canta mal, que é péssima atriz, que paga bem para outros comporem pra ela, mas que tem um fogo... O outro foi da atriz francesa Jane March, garota que representou Marguerite Duras no filme *O Amante*.

Pouco importa se o filme é ou não é fiel ao romance (aliás, a exigência de que um filme seja fiel a um romance é conversa mole; nada, nunca uma obra é fiel a outra, como não existem dois seres iguais). Os fãs de Duras detestaram o filme, mas não ficaram imunes ao seu erotismo. Uma garota paupérrima de 15 anos encontra, atravessando um rio do Vietnã, o herdeiro de uma milionária família chinesa. Rola um clima. Bem mais velho que ela, o herdeiro leva a garota para seu quartinho de abate, desvirgina-a, e passa a ensinar tudo o que sabe. Aprende o que não sabe: a amar.

A atriz disse, numa entrevista, que, como era virgem, o ator, Tony Leung, foi quem deu a voz de comando. Isso foi o suficiente para que a imprensa passasse a supor que o defloramento de Jane se deu durante as filmagens, dado o realismo das cenas. De fato, se o espectador for atento, percebe, em um *take*, que, pela base, o pau do ator está duro, mas sua extensão não aparece, portanto, está dentro de Jane. Esta imagem dura segundos, mas é a mais comentada do filme. Todos sabemos que cinema é mentirinha e que os atores representam. As cenas de sexo, por vezes, falam mais pelo que pode ter ocorrido nos bastidores do que pelo que acontece nas telas. Muitos atores são tão dedicados às cenas que confundem a audiência. Jane e Tony Leung confundiram. Já perguntei a amigos atores a respeito de cenas eróticas. Alguns me confessaram: "É, pinta um clima..." Uau!

Já Madonna mantém distância do vamos aos fatos. Nas fotos do livro *Sex,* cujo embrulho lembra uma camisinha de meteoro, seu corpo está sempre a um palmo do dito cujo. Tudo está a um palmo da verdade. Morde mas não morde. Chupa mas não chupa. Fez mas não fez. Lógico que é intencional, afinal, a protagonista tem um nome a zelar. Sugere clima nos bastidores? Não. Sugere, sim, uma *pop star* entediada com o cerco da ética protestante, fazendo malcriação. Madonna não é Jane, nem Sinéad O'Connor. Madonna é só Madonna, que ganha dinheiro no grito, mas que não dá nem desce, ou melhor, não dá nem rasga.

As poses, as confissões e situações do livro não são novidade: a cultura nórdica do super 8 foi mais além. Novidade é uma Madonna fazer o que fez. Imagine Rita Hayworth, Vera Miles, Monica Vitti, simulando uma masturbação sobre o espelho. Nossos pais e avós não tiveram esta chance.

MADONNA É BRASILEIRA,
E NASCEU NO BIXIGA

Um velho amigo meu de Minas, homem simples, costumava dizer: "Eu careço de que o bom seja bom e o rúim rúim, que dum lado esteja o preto e do outro o branco, que o feio fique bem apartado do bonito e a alegria longe da tristeza! Como é que posso com este mundo? Este mundo é muito misturado..."

A esperteza humana criou uma alma que demarcasse os pastos, desse nomes aos bois e facilitasse as análises: os cientistas. E foram os antropólogos americanos que, para diferenciar uma cultura da outra, inventaram mais uma, e dividiram o mundo em sociedades sexualmente positiva, sexualmente negativa e neutras. Tailândia, Filipinas e, adivinha, Brasil são positivas; coincidência ou não, são os países na rota do turismo sexual, aquele em que gringos dos países ricos ganham de brinde, no pacote, uma mulher. Irã, Iraque, países que escondem suas mulheres, Inglaterra, terra de loucos puritanos, são sociedades sexualmente negativas. Os Estados Unidos estão no neutro, em cima do muro, entre a cruzada de pernas de Sharon Stone e a boa vontade da Brooke Shields.

Um país que chama preservativo de "camisa-de-vênus" não pode ser negativo. Sorte nossa; acho que herdamos esta anarquia sexual dos índios. Aqui não se diz, e não colou, a expressão "vamos fazer amor". Aqui, amor tira o sono, e sexo é para brincar. Amor complica as coisas. Pra quê complicar? Vamos transar, meter, trepar...

A Aids deu combustível ao preconceito contra homossexuais, contra o sexo e a diversão. Madonna veio em boa hora. Embaralha as coisas, perturba o ambiente e entorpece muitos adolescentes. Vi garotas, na porta do seu hotel, levantarem a camisa e exibirem os seios, para delírio geral. Era como se dissessem: dentro desta roupa está a verdadeira brasileira. Vi, na Paulista, uma Saveiro passar com garotos e garotas gritando na traseira: "Madonna, não me tenta! Quero chupar sua teta!" Vi um coro de jovens homossexuais na rua Augusta: "Ei, ei, ei, assumi que eu sou gay." Ela nem deu as caras, mas São Paulo adorou e precisa de mais visitas da Madonna. É por isso que desconfio: Madonna é brasileira, nascida no Bixiga.

RIXA ENTRE TORCIDAS VENCE GUERRA

Vera Paiva, minha irmã mais velha de apelido Veroca, foi durante anos uma famosa líder dos estudantes; "baderneira", diriam os jornais da época. Na segunda metade dos anos 70, período da reconstrução do movimento estudantil, não havia um universitário que não conhecesse ou admirasse aquela estudante de psicologia da USP que, com a voz rouca e os braços bem abertos, como uma grande mãe, ganhava a maioria dos votos das assembléias; há uma foto no livro sobre o histórico congresso em Salvador que reconstruiu a UNE (1978), com a sua típica pose dos braços abertos, em que ela parece abraçar todo o plenário, com os estudantes sentados, atentos às suas palavras.

Erasmo Dias, quando invadiu a PUC de São Paulo para acabar com o congresso que preparava o de Salvador, ia de sala em sala bufando: "Onde está a Veroca?"— ela havia fugido minutos antes, escapando da prisão. Foi quando os jornais a descobriram. Por tempos, deixei de ser o filho de Rubens Paiva para ser um irmão da Veroca.

Muito antes, em 1971, chegamos a estudar no mesmo Colégio Andrews, do Rio, notório por sua vocação reacionária. Uma misteriosa campanha mobilizou meus coleguinhas. Latas com as cores dos times do Rio foram espalhadas por todo o colégio. A lata que arrecadasse mais dinheiro em um mês provaria que seu time tinha a maior torcida. Durante o período, foi um tal de colocar dinheiro na lata do time preferido. Não se falou em outra coisa; muitos pais adiantaram as mesadas para honrar os times dos filhos. As latas ficavam abarrotadas, e eram logo substituídas. Sobre cada uma, o aviso: "Este dinheiro é para ajudar o povo do Vietnã em sua luta contra os americanos."

Uma noite, chegando em casa, surpreendi Veroca, com seus 15 anos, confeccionando as latas. Era dela a idéia. Fiquei orgulhoso em saber que a campanha que tinha virado o colégio de cabeça pra baixo viera de minha irmã. Final da história: foi arrecadado um dinheirão, o Flamengo venceu e o embaixador do Vietnã no Brasil recebeu, num envelope, uma fortuna em trocados para ajudar seu povo. De fato, o Vietnã derrotou os americanos. Será que o dinheiro ajudou?

FÃS NÚMERO 1 NÃO BATEM BEM DA CABEÇA

No filme *Misery* (*Louca obsessão*), baseado numa novela de Stephen King, um escritor de best seller é aprisionado por uma enfermeira que se denomina "a fã nº 1". O escritor, autor de uma série que retrata a vida de Misery, não suporta mais sua personagem de maior sucesso e decide dar cabo dela. Escreve um livro em que Misery morre. A enfermeira, revoltada, obriga o autor a escrever um livro em que a personagem ressuscite.

Está na cara que Paul Sheldon, personagem escritor, é Stephen King, autor de best sellers, atormentado por assustadores fãs nº 1; existem, e são tantos... E não é um privilégio só de escritores: qualquer um que tenha o retrato publicado em jornal, ou tenha habilidades que um cidadão comum não tem, ganha de presente fãs nº 1.

Alguém que se denomina fã nº 1 não deve medir bem da cabeça. É uma tremenda pretensão e falta de modéstia se achar o nº 1. Imprevisível, obcecado, geralmente é um leitor solitário que adquire uma intimidade ilusória com o autor e personagem. É ingênuo em acreditar nas tramóias célebres que se usam para enganar, envolver e confundir o leitor. Só a mãe, ou a avó, ou a mulher, ou a filha, ou a amante têm o direito de ocupar o nº 1. Resta o nº 2 pra lá...

Literatura é mentira, é imitação; uma representação do real. Mas, para um nº 1, os personagens povoam sua retina e rotina. Identifica-se com alguém que nunca existiu. Já escrevi sobre isso: paguei meu preço quando matei Mário, personagem de *Blecaute*. Muitos leitores me ligaram no meio da noite, provavelmente no momento em que leram a morte, para me xingar; Mário, ambíguo, destruidor e frágil, um amigo perdido, cujo estatuto desperta empatia, tinha de morrer, sabe-se lá por quê, e ponto final.

Houve um travesti que me ligava de Santos, às quatro da manhã. Estava lendo *Ua:brari*. Me ligava para comentar a trama. Se eu desligasse, ele tornava a ligar, e me acusava de ter preconceito contra homossexuais. Se aproximava do final do livro. Estava apaixonado por Zaldo, personagem. Mas Zaldo iria morrer; não deu outra. Durante um mês, tirei o telefone do gancho. Saía de casa tenso, imaginando que o leitor estaria na esquina, me esperando para vingar a morte de Zaldo. Nunca mais ligou; que Deus o tenha.

Essas mortes são minha responsabilidade, aliás, do enredo que, aliás, sou eu que escrevo? Não. São de alguém que vive em mim, e que só conheço quando leio o que escrevo. A psicanálise dá um nome para este alguém: inconsciente. Guimarães Rosa deu outro nome: diabo.

Tive uma terapeuta que provou, por "á" mais "bê", o Édipo que existe no que escrevo. *Blecaute* é uma bandeira. Nenhum crítico jamais percebeu. Eu, menos ainda. O tripé Mário, Rindu e Martina é o tripé pai, filho e mãe. O pai, Mário, morre no final. E os leitores tentaram me fazer sentir responsável por um homicídio que não cometi. Foi o DOI-CODI que matou o pai, Mário, em 1971; seu corpo, assim como o de Mário, nunca foi encontrado. Hum...

UM CACHORRO E UM BAR DE DUBLIN

Nevava em Dublin. Mas no interior do Short, bar na beira do cais freqüentado por tipos estranhos, onde a lareira crepitava, estava um forno. Por vezes, entrava um freguês que trazia no rastro o indício de inverno. No mais, todos suavam, e ninguém cantava.

Ele era ruivo, alto, com a pele vermelha e um rabo-de-cavalo. Todos o olharam quando entrou. Sentou-se no canto do balcão, deu um soco na fórmica para chamar a atenção do garçom e fez o pedido:

— Uma cerveja quente, um prato com amendoins e um cachorro pra me fazer companhia.

Foi servido. Bebeu um gole da cerveja, encheu a mão com amendoins e perguntou:

— Onde está o cachorro?

O garçom olhou entediado para os outros fregueses, desprezou o pedido e voltou a lavar copos.

Ela era gorda, toda encapuzada; ao entrar, levantou o rosto, olhou para todos e sorriu. Ninguém sorriu de volta. Esfregou as mãos, foi até o balcão, deu um soco para chamar a atenção do garçom e fez o pedido:

— Uma cerveja quente, um prato com amendoins e um cachorro pra me fazer companhia.

Foi servida. Bebeu um gole da cerveja, encheu a mão com amendoins e perguntou:

— Onde está o cachorro?

Quando a terceira pessoa a entrar fez o mesmo pedido, perguntei ao garçom o que significava aquilo. Ele foi até o armário, pegou um livro e me mandou ler a primeira página. Tratava-se de um livro de um escritor irlandês que eu não conhecia: Irving Horn. Na primeira página, estava escrito: "Nevava em Dublin. Mas no interior do Short, bar na beira do cais freqüentado por tipos estranhos, onde a lareira crepitava, estava um forno. Todos suavam, e ninguém cantava. Me sentei no canto do balcão, dei um soco na fórmica para chamar a atenção do garçom e fiz o pedido: "Uma cerveja quente, um prato com amendoins e um cachorro pra me fazer companhia." Fui servido. Bebi um gole da cerveja, enchi a mão com amendoins e perguntei: "Onde está o cachorro?"

O garçom me serviu um copo de cerveja e puxou assunto:

— Este livro veio em boa hora. Isto aqui vivia vazio. Agora, todas as noites, chega gente do mundo inteiro e faz a mesma coisa que o personagem. Nem conheço este escritor.

— E o meu cachorro? — perguntei.

O garçom me olhou furioso, pegou o livro e foi lavar copos. Não existe nenhum escritor chamado Irving Horn, muito menos um bar em Dublin chamado Short. Aliás, nunca estive em Dublin.

SEM RUMO, SEM ROTA,
SEM NINGUÉM PARA RECORRER

Agora é noite. Não tem ninguém aqui. Te invento. Agora é dia, tem você aí. Uma Rota me seguiu minutos atrás, com os faróis apagados. Por que droga andam com os faróis apagados, se todos devem acendê-los?! Paramos num farol. Da Rota, um braço para fora acendia e apagava uma lanterna. Não se vêem os rostos dos policiais que estão num carro da Rota. Nunca se vê o rosto de um cara da Rota. O medo é a droga que os torna quepes e uniformes, somente. Um carro da Rota assusta, carro sem rosto, sem farol.

O braço acendia e apagava a lanterna apontada para o chão, iluminando nada, nenhuma semente. Não era uma lanterna. Era um botão para ser pressionado, para o exercício de um dedo, ansioso por acionar, acender e apagar, apagar se chamado, apagar preferivelmente: "Não tem sossego, meu irmão, aqui é a Rota!" Quem nos defende?

Tenho medo da Rota, raiva dos amarelinhos e das moças de Zona Azul, detesto muitos políticos, tenho problemas pessoais com os militares, desconfio da imprensa e gostaria de enforcar a maioria dos apresentadores de TV e muitos repórteres óbvios, com aquele caminhar descontraído, aquela gravata frouxa, e o "o que você está sentindo" na ponta da língua. Preciso ser internado.

Que graça tem a fútil São Paulo, com sua moda anual do nada com nada, do ser alguma coisa urgentemente, do ser muitas coisas ao mesmo tempo, sem ser nada, esperando inspiração da rainha da Inglaterra ou da falida Nova York, enquanto a África está tão perto, e daqui se escutam seus tambores, ouça...?

Certa vez, mandei à merda um guardador de carros do AeroAnta. Muitas vezes, passando por lá, gritei da janela: "Ainda está aí?!" Tenho medo desse sujeito, dele me furar os quatro pneus, como fez com um amigo meu. Por favor, a quem posso recorrer? Existe alguém? E o que você tem a ver com isso? "So sorry, my boy, my girl, my...", mas estamos abandonados.

Corre entre os policiais federais a teoria: "As investigações do escândalo Collor-PC vão matar a Polícia Federal." Descobriram que o buraco é mais embaixo, que os envolvidos são muitos, que sobram poucos. Agora, querem acabar com a Polícia Federal, acusada de exercer um "poder paralelo". Restam poucos.

VENHA EXPERIMENTAR ESSAS DELÍCIAS PAULISTANAS

São Paulo, delícia de vida: tantos shoppings, cinemas, restaurantes, tipos, opções. Diretamente proporcional, homicídios, latrocínios, cárcere privado, 171, seqüestros. Uma força-tarefa, organizada tal qual uma Frente Ampla, atua em conjunto para combater o crime: Rota, Rocan, Decap, delegacia racial, da mulher, do homicídio, dos entorpecentes, do consumidor, do menor. Para concluir o trabalho e incrementar a segurança da população, destacam-se as equipes do fórum da Lapa, de Pinheiros, de Santo Amaro, do viaduto Dona Paulina, elementos da ágil, eficiente e justa estrutura do poder judiciário: Tribunais da Alçada, da Justiça, da Justiça Militar, Regional Federal, Superior Tribunal de Justiça e Supremo Federal.

Minha rua, antes, uma flopada rua das Perdizes, mais próxima à vida interiorana que à de uma metrópole, caiu nos *basfons*. Em janeiro, as estatísticas provam o crescimento da atividade jurídica: 15 roubos de carro, 3 seqüestros, 2 assassinatos (latrocínios) e uma tentativa de suicídio que provocou 3 vítimas; o sujeito que se atirou e dois porteiros que tentaram segurá-lo. Para a satisfação do comércio local, um borracheiro, uma padaria, uma farmácia e um veterinário, e para o orgulho de seus moradores, o nome da rua foi citado, num mesmo mês, três vezes pelos jornais; publicidade gratuita. Até ganhou dos locais um apelido carinhoso: "Sarajevo".

Maurício, um amigo meu, ouviu a frase preferência nacional, quando se despedia, no seu carro, de uma amiga: "Passe para o banco de trás!" Teve o prazer de fazer um "tour" pela cidade na companhia de três assaltantes, escutando, é verdade, Jorge Ben Jor, "para animar a festa". Com um cartão de banco na mão e uma senha na cabeça, visitou caixas eletrônicos para sacar o dízimo, e entregar aos elementos. Tensão, só na hora de convencê-los de que não sabia a senha do cartão de crédito (você sabe a sua?). Foram três horas de muita camaradagem e troca de elogios. Ouviu, dos assaltantes, histórias cabeludas, e o conselho: "Pare o carro em frente às guaritas, nunca na escuridão."

Venha, de uma vez por todas, desfrutar dessas delícias: São Paulo, quem viver verá!

ESTUDANTES DESERTORES

Existe uma proteína que corre nas veias de um *teen*: a da transformação. Sérgio Groissman desvendou, numa entrevista dada ao *Vitrine,* a fórmula secreta: "O curioso de trabalhar com jovens é que eles mudam de opinião durante os 60 minutos de programa." Há algo de errado no "ser ou não ser". Na sempre dualidade, no tomar uma decisão, tem-se pela frente: "aderir ou não aderir".

Houve deserções nas repúblicas dos meus tempos de Unicamp. A lógica, para estudantes universitários de classe média alta, é simples: aproveitar os cinco anos para meditar e viver cem experiências, pegar o diploma e retornar ao lar, para dar continuidade aos negócios da família. Mas muitos não aderiram.

Havia seis na minha república. Só o mais insistente foi até o fim. As evasões: um virou padre, outro escritor, outro morreu de Aids, outro foi morar em Londres e o último virou ator.

Na república da chácara, vizinha à Unicamp, a maconha era mais forte e as transformações mais radicais (causa e efeito). Houve um Neca, um dos melhores alunos da Química, que viu a luz: largou o curso e foi morar com os mendigos do Centro de Convivência, anfiteatro no centro de Campinas. Perambulou aos trapos pelas ruas da cidade por um ano. Extorquiu o pai empreiteiro, comprou uma jangada em Canoa Quebrada e virou pescador. Encontrei-o outro dia num aeroporto. Estava de terno e gravata, com uma pasta e pinta de executivo: trabalhava, então, numa empreiteira, curiosamente especializada em fundações.

Houve um Gérson, estudante de física, da mesma república da chácara. Pegou seu cachorro vira-lata e comprou uma terra em Mauá, aonde não se chegava de carro. Dormia sozinho num pequeno barraco de madeira. Plantou avelã. Chegou a vender duas colheitas no CEASA do Rio. Num inverno, pegou hepatite. Sem forças para caminhar, sem poder avisar viva alma, ficaram ele, seu vira-lata e quilos de arroz integral, um mês, presos no barraco. Sua rotina se resumia em sair da cama, acender o fogo para esquentar o arroz, voltar para a cama e conversar com o cachorro. Quando se curou, virou as costas e veio embora. Chegou a dormir alguns dias na minha casa. Ele e o cachorro dormiam debaixo da minha cama, segundo ele, "um lugar com alta concentração de energia positiva". E partiu sem se despedir.

Tal república, a da chácara, não existe mais. Hoje é um condomínio especialmente construído para receber os novos alunos da Unicamp. O tempo passa, o tempo voa, e a apatia existencial continua numa boa.

STEVIE WONDER É CEGO, MAS NÃO É NADA BURRO

A invasão das pulgas. Estão freqüentando orelhas de alguns críticos de cinema que se perguntam: como é possível Stevie Wonder fazer a trilha sonora do filme do Spike Lee se ele não enxerga? Falta a visão, porém outros sentidos estão preservados, e vão bem, obrigado.

Há dois anos, no aeroporto de Lima, eu esperava o embarque para Moscou, onde iria participar, representando o Brasil, de um congresso organizado pelas Nações Unidas. Com a demora, papo vai, papo vem, conheci o representante argentino. Fomos tomar um café, onde ele me perguntou sobre a programação do congresso. Passei a ler os papéis que a ONU me enviara, quando levei um susto ao notar um gravador na sua mão, gravando a nossa conversa. KGB? Não, ele era cego. Gravava, já que não podia anotar.

Amanhecia quando chegamos em Moscou. Era verão e as ruas, desertas. No caminho do aeroporto para o hotel, passamos por um monumento que indicava quão próximos as tropas de Hitler haviam chegado.

Pode-se falar o que quiser, mas Moscou é história. Houve um Lenin. Lá, sim, houve uma verdadeira revolução, tão sangrenta quanto apaixonante, talvez utópica. Não deu certo, mas não diminuiu o impacto que se tem quando se chega em Moscou.

Como compartilhar tal sentimento com um cego? Na minha inexperiência, usei a intuição, e passei a descrever o que eu via. "Os prédios são parecidos entre si, grandes, meio amarelados, a rua é larga; agora passamos por um parque; agora, o estádio do Dínamo; entramos num túnel." "Sim, num túnel, estou sentindo...", ele me interrompeu.

Nosso hotel ficava em frente à praça Vermelha. Com a ansiedade dominando o sono, convidei-o para dar uma volta na praça. Mas ele é cego, que fora! Eu havia me esquecido deste "detalhe", o que é comum quando se convive com um portador de deficiência. No entanto ele topou ir comigo.

Com mais prática, voltei a descrever o que eu via. Na troca de guardas do túmulo de Lenin, ficamos em silêncio, ouvindo as botas contra o solo, quando surgiu uma máquina fotográfica na mão do cego. Apontou-a em direção às botas e tirou uma foto "para mostrar para a esposa", ele disse.

Encurtando: o seu mundo era aquele, das descrições, dos sons, cheiros, tato, imagens sem formas, sonhos sem imagens. Não lhe fazia falta a visão. Estar em Moscou, para ele, representava o mesmo que para mim. Como qualquer turista, achou fundamental ter ido à praça Vermelha. Na era do apelo visual e da logotipia excessiva, pode-se pensar que um cego está à margem. Mas não. Ele, como nós, pensa; Stevie Wonder é cego, mas não é burro.

O MUNDO DESCONHECE
OS HOMENS DO SERTÃO

É tão fácil enganar a mídia. Quando você lê que um artista brasileiro faz sucesso no exterior, não acredite; o boi ronca. Lá fora, somos uma massa anônima que, até há pouco tempo, se envergonhava de não poder sacar um cartão de crédito internacional. Na música, alguns fazem sucesso. Na literatura, Jorge Amado é conhecido, Márcio de Souza tem um público cativo e Machado de Assis tira o fôlego de alguns fãs; Warren Beatty é um deles. No mais... Enganei muito jornalista com três fotos que tenho abraçado a um prêmio Nobel, a um Oscar e a um Pulitzer. Hoje, confesso: pura armação.

1. Prêmio Nobel. Eu, Paulo Betti e uma atriz cubana (que eu não me lembro o nome) conversávamos amenidades latinas num parque, em Havana, quando vimos Gabriel García Márquez passar. Fomos atrás. "Gabo, espere por nós..." Nos apresentamos. Ele parou. Só parou para examinar de perto a atriz, morena charmosa que lhe deu toda a atenção.

Não me lembro de ter trocado uma palavra com o escritor colombiano. Tanto eu quanto Betti estávamos mais preocupados em registrar o fato para a prosperidade, isto é, tirar uma foto. Demos a câmera para um pedestre e fizemos a pose: eu, abraçado ao Betti, abraçado ao Gabo, olhando encantado para a atriz, abraçada a ninguém. Olhando a foto, qualquer jornalista diria que sou íntimo do escritor. A atriz sim, já que foi passear com Gabo, enquanto eu e Betti corremos para revelar tal preciosidade.

2. Oscar. Eu estava numa livraria, em Roma, autografando *Felice Anno Vecchio*, como o nome bem diz, tradução do meu

afamado livro. Devo ter dado, no máximo, cinco autógrafos, quando entrou por acaso, na livraria, Bernardo Bertolucci. Minha tradutora ficou histérica. Eu, pra falar a verdade, não o reconheci. Pobre coitado. Tirou fotos com meus cinco leitores, com o staff da editora e, lógico, comigo. Teve, ainda, de comprar um exemplar da minha obra, no qual autografei "*Un abraccio*". Trocamos palavras. Me perguntou como andavam seus amigos do Cinema Novo. "Adeptos do roteiro", respondi. Ele riu. Disse que também aderira ao roteiro, e se foi. Na foto, parecemos íntimos.

3. Pulitzer. Nem sei se Tom Wolf ganhou o Pulitzer; pelo menos mereceu. Estávamos em Frankfurt, na feira do livro. Eu, num hotel de quinta, há três meses longe de casa, sem dinheiro. Ele, no hotel de luxo. Nos encontramos no segundo, onde editores brasileiros me convidaram para um drinque. Alguém nos apresentou. Meu editor tirou a foto. Ele, um dândi. Eu, de tênis, com a roupa amassada, o terno rasgado, barba por fazer, rindo como uma besta do branco de sua roupa. "Estou lendo seu livro, não é uma coincidência?", perguntei. Parei de rir e me lembrei que muitos, no Brasil, falam o mesmo quando me encontram, e que nunca acredito. Brasil. Tão longe; uma incógnita. "O sertão é o mundo", mas o mundo desconhece o sertão.

"ATITUDE" É A GRANDE PALAVRA DO MOMENTO

Foi numa semana fria de junho que notei três pessoas diferentes aderirem ao uso da palavra "atitude", incluindo-a nos respectivos repertórios. Quando três pessoas usam, no frio, a mesma palavra, é porque vai pegar. Uma expressão já está na moda quando três pessoas diferentes a usam numa mesma semana de junho.

Uma delas era um fotógrafo de uma revista feminina chique. Tirava fotos em dose de minha fuça. Diante da minha entediante inexpressividade, ele pediu "atitude no olhar". Continuou fotografando e eu me perguntando o que é um olhar com atitude.

É um olhar bravinho? É um olhar sensual? É um olhar demente, destemido, desinteressado, ditador, corrupto, carente, crítico, confuso, criminoso, cético, babaca, bacana, baitola, bastardo, ateu, apaixonado, apimentado ou aprisionado? Ou com tudo isso junto e mais um pouco, tal qual um suflê de olhares?

Fiz bravinho. Ele: "Ótimo." Fiz demente. Ele: "Ótimo." Fiz desinteressado, corrupto, confuso, bastardo, ateu e aprisionado. Ele: "Ótimo, ótimo, ótimo, ótimo, ótimo e ótimo." Na verdade, qualquer coisa que eu fizesse seria um olhar com atitude. Na verdade, atitude não significava nada.

Num comercial de cigarros, e os publicitários não ficariam à margem, um clone de diretora de teatro pede a seus atores "atitude". Ganham aplausos, ela faz ares de inteligente e temos alguma coisa em comum: fumamos o tal cigarro.

Imagino Fellini para seus atores: "Atitude, *presto*!" Ou Kazan para Dean: "Atitude, bró." Ou Coppola para Brando: "*Please*,

Mr. Brando, atitude." Está aí. Serei multado, direi: "Atitude, seu guarda!" Serei molestado espiritualmente: "Atitude, frô." Partirei para Maracangalha, e se Anália não quiser ir, direi: "Atitude, minha filha!"

Há um culto a coisa nenhuma. Adere-se ao vazio. Desce a neblina sobre a cidade e o que se vê à frente é um reflexo dos próprios membros, que são cabeça, tronco, pernas e braços. Basta remexer os quadris, estalar os dedos, enfiar uma camiseta com algum dizer e a sombra torna-se um ser, um cara legal, com atitude. Assim, é fácil viver.

AMAZÔNIA, TUCUNARÉS E LITERATURA

Costumo aceitar qualquer tipo de convite para participar de uma feira de livro de uma cidade da Amazônia. No início, ia por curiosidade e por uma neurótica obsessão de querer conhecer tudo e todos. Já passei por Paraopeba, Carajás, Altamira, São Félix do Xingu, Tucuruí, entre outras. Cheguei a escrever para a *Folha*, há mais de dois anos, sobre o encontro dos índios de Altamira, na condição de um suposto "especialista". Lógico que tantas viagens acabaram resultando num livro: *Ua:brari.*

Sou doente pela Amazônia. Consumidor voraz de tucunarés, filhotes, cupuaçus etc. É o cenário ideal para grandes épicos. Extremo, o povo mais primitivo das Américas convive com as rotas dos vícios modernos: da cocaína aos computadores. A natureza luta em pé de igualdade com o homem. Ganhou das empreiteiras, erodindo a Transamazônica e a Perimetral Norte. Perdeu feio dos garimpeiros e dos projetos das mineradoras. Uma pena que a mídia brasileira tenha transformado o tema em suco. A floresta merecia mais respeito. Paciência.

Quando chegou o convite para participar da IV Feira de Livros de Marabá, nem hesitei. Fui correndo, mesmo ciente de que nove pessoas ouviram falar de mim nesse fim de mundo, e que dessas nove, seis, no máximo, leram meus livros; por vezes, tenho este ataque de humildade e vou ao encontro de leitores que não me conhecem, o que sugere meu fracasso profissional.

Sentei-me numa mesa, rodeado de livros, disposto a autografar minha "vasta obra", mesmo sabendo que ninguém apareceria. Mentira. Meus seis leitores estavam a postos, me esperando no galpão da feira. Dei os autógrafos lentamente, para que os visitantes vissem a fila e se interessassem. Torci para que meus leitores não desaparecessem. Puxei assunto. Contei piadas. Inúteis. Assim que eu assinava, sumiam. Não demorou muito, fiquei jogado no canto, a sós, cercado pela minha "obra". Muitos pensavam que eu fazia parte da organização ou que eu pertencia ao balcão de informações. Me perguntavam onde era o banheiro, onde estava exposto o livro do "fulano de tal". Eu apontava para um lugar qualquer: "É lá!" Outros me perguntavam o preço do livro do "sicrano de tal". Eu respondia qualquer preço. Já houve uma época em que eu me dedicava às complexas leis do mercado literário e, como um bom vendedor, respondia: "Não sei onde está o livro do 'fulano', mas sei onde está o do grande escritor Marcelo Paiva." "Ele é bom?", me perguntavam. "Lógico." E fazia uma centena de elogios literários ao dito autor, analisando o foco narrativo, personagens esféricos etc. Hoje, não tenho mais saco para esse tipo de coisa; talvez por isso, empobreço vertiginosamente.

A MESA ESTÁ SERVIDA

Estou numa mesa com minha vasta obra, na IV Feira de Livros de Marabá. Como escritor convidado, não posso sair do lugar. Autografo livros de outros autores. *Manual de caratê.* *Aviões de combate. O livro de Mórmon.* Não me dou ao trabalho de ler os nomes dos autores. Assino o meu nome, já que, como único escritor convidado, supõe-se que eu represente toda a categoria.

Um menino fica parado na minha frente; tem sempre um menino que fica parado na frente. Nossos olhos se desafiam. Ficamos nos encarando por um tempo interminável. Alguém terá que desistir. Eu costumo vencer o duelo, já que não posso sair do lugar, esperando possíveis leitores. O menino desiste, e vai para a seção de livros infantis.

Já em transe por causa do calor, passo a reparar nas feições dos que visitam a feira. Lembrei-me da teoria racial de Euclides da Cunha. Reclamava que a mistura de raças criava um tipo inferior. Não têm cara de leitores, mas não parecem tipos inferiores. Um ou outro pára e olha minha "vasta obra". Olham para mim e para os livros. Sinto como se me desnudassem, dissecassem minha alma. Passo a odiá-los e a duvidar se meus personagens os merecem. Não existe leitor ideal. Nenhum leitor jamais entende por completo uma obra; há uma distância imensa. Não entendendo, põe em xeque a qualidade do narrador ou do autor. Não entende porque é burro ou porque escrevemos mal?

Quem vem lá? Uma nova leitora. Estende meu último livro. Sou simpático, exageradamente simpático. Passo a amar meus leitores, orgulhar-me de escrever para eles. Pergunto o seu nome. "Ladykleide." Seguro o riso. Tenho vontade de chamar seu pai e tirar satisfações. Ela me pergunta se o livro é tudo verdade. Respondo qualquer coisa. Pede para eu contar a história. Não faça isto, jamais! Não imagina como é duro contar uma história que se leva três anos para escrever. A maioria dos jornalistas tem mania de fazer essa pergunta; a maioria dos jornalistas não lê a obra do entrevistado.

Olha lá. Mais um leitor. Dessa vez, com minha "vasta obra". Assino com prazer. No primeiro, *Feliz ano velho,* mando um abraço. No segundo, *Blecaute,* um grande abraço. Este é o dilema: o que escrever? Mando abraços para todos. Muitas vezes, alguém reclama que escrevi a mesma coisa para o amigo. Tenho variações criativas. "Superabraço." "Aquele abraço." "Um abração." Tem que se ficar atento com a fila, descobrindo quem é amigo de quem, para aplicar as variações. Os mais pentelhos pedem uma dedicatória especial, uma frase, um dito que mude a sua vida. Cheguei a ter uma coleção de frases-cabeça para estes leitores exigentes. Hoje, prefiro "Um abração especial".

HORA DA SOBREMESA

Estou ainda em Marabá, participando da IV Feira de Livros. Tiram fotos. Costumo ser muito simpático em fotos. Repetem as fotos. Quando repetem, já não estou tão simpático. Meus leitores vão embora. Olho o relógio. Tenho ainda meia hora.

De volta à solidão, ela vem devagar, passos candentes, aproxima-se, e não pede autógrafo, fotos, nada. Entra sem ser convidada, a conhecida depressão. Abaixo a cabeça e tenho vontade de queimar tudo, de ter um ataque fulminante, de virar a mesa, gritar: "Para que serve esta merda toda, a tal literatura?! Vão embora!" Escreve-se para quem? Para alguém. Mas escreve-se para alguém ou para um só? Sempre me perguntam: "Você, quando escreve, pensa no público?" Não sei responder. Não sei por que escrevo. E daí que escrevo, grande coisa. Ninguém pergunta: "Você faz este macarrão pensando no seu público?" Escrevi, e minha vida mudou? Pari, e nasceu o quê? Por que gastar anos, suor, para isso?

Alguém me chama. Levanto a cabeça. Um repórter de rádio. Visto o disfarce, guardo a depressão no bolso e sorrio. "Marcelo, você me fez perder um jantar." Jantar?! Será que o conheço e o deixei esperando em algum restaurante? Dei algum cano nele? Ante as minhas dúvidas, ele logo esclarece: "Fiquei lendo o seu livro e o jantar queimou." Ah, um leitor estilo íntimo. Ri bem efusivamente para ser simpático. Ah, ah, ah,... Que gracinha. Aponta para o livro *Feliz ano velho* e diz: "Assisti ao seriado." Seriado?! Que seriado?! Virou filme, peça, camiseta, *audiobook*, bóton, anúncio de computador. Mas seriado?! Minha vida não vale tanto.

Me pergunto por que comecei a escrever, por que publiquei um livro e por que não fiquei quieto, no meu canto. Passo a invejar Salinger, autor de O *apanhador no campo de centeio*, que não dá entrevistas, não se deixa ser fotografado e mora numa montanha, aposentado, depois de ter escrito quatro livros. Passa o dia cortando lenha e nunca mais escreveu.

Leitores invasores; querem me retalhar! Consumam, consumam, consumam. "Vai ficar até quando?" "Você é de São Paulo?" "Te vi na televisão." "Você, você, você, me dá um autógrafo, me dá uma foto, me dá um sorriso, me dá!"

Vou-me embora com a minha tiete dessas horas: a depressão. Recito o meu mantra preferido: "Eu vou parar, um dia paro, eu vou parar..."

OS INIMIGOS DA FESTA

Às sextas, o telefone insiste: "Tem festa?" Quando tem, vem: "É festa ou reuniãozinha?" Quando é festa, Ok, cabem bicos; quando não, tem: "Quem vai?" E lá estará o desfile das "roupichas" que a luz do dia ofusca. E dançar, ficar bêbado, falar merda e cantar cem garotas(os). Inventou-se a festa para exibirmos o que à luz do dia acovardamos.

Os escritores, que não são *bobos* nem nada, se utilizam de festas para as grandes revelações. É numa que Emma Bovary vê, no salão, o que sonhava na sua vidinha miserável. Depois, passa a procurar a aventura que seu casamento escondia. Em *Os Mortos*, de Joyce, duas velhinhas empetecadas botam pra quebrar todos os anos: dão festas e dançam, cantam, comem e fofocam epifanias. É depois de uma que Gabriel descobre que sua mulher, Gretta, teve uma paixão mortal antes de se casar; tudo porque Gretta ouviu, na festa, a música que seu amado cantava. Mas existem os inimigos declarados de festas (vizinhos, síndicos, zeladores & cia.), inimigos de epifanias e revelações. O bem-estar comum inventou os salões de festas. O do meu prédio tem regras anacrônicas. Segundo a ata da última assembléia, depois de uma festa com "incrível número de jovens", não se aluga mais o salão para dependentes, o número de convidados fica limitado a cinqüenta, o som deve ser desligado às 22 horas de domingo a quinta e às 24 horas sexta e sábado. Sugere-se ainda o gradeamento da área do salão para "restringir a movimentação dos convidados". Que animação...

Há uma semana, jornalistas da *Folha* reuniram-se para homenagear uma colega de trabalho. Os meliantes não somavam mais que trinta, num apartamento da avenida São Luís, com a música baixa. À uma da manhã, depois da sétima interfonada da vizinha, o bom senso decidiu encerrar a festa. Fui o primeiro a sair. Encontrei a própria, no hall, com o cabelo despenteado e cara de sono: "Aí dentro só tem maloqueiro. Não se consegue dormir!" Ainda tentei: "Minha senhora, aproveita que amanhã é feriado e vai ler um livro, ou arrumar o armário...

No térreo, a porta do prédio estava trancada. "Só saem daqui quando a polícia chegar!", decretou, em conluio com o porteiro e zelador. "Minha senhora, isto é cárcere privado e formação de quadrilha", tentamos. Nicas. A festa desceu. O bate-boca rendeu até a chegada da polícia. Acusações de lado a lado, todos para a delegacia. Documentos à mesa, ela quis impressionar, apresentando uma carteirinha de uma revista pornô: "Também sou da imprensa!" Restaram dois boletins de ocorrência e uma noite memorável para a inimiga de festas que, no íntimo, é a mais competente perturbadora da ordem, aliada do caos. Foi a sua revelação.

CARTA AO BRASILEIRO AFLITO

Você, caro *teen*, aflito. Há dois domingos, acompanhei na Joaca, como é chamada a praia da Joaquina de Florianópolis, uma etapa do campeonato brasileiro de surfe, que valia pontos para o mundial. Por sorte, o mar estava bom. Nada mais patético que um mar baixo numa final de surfe. E acontece.

Um campo de futebol, uma quadra de vôlei, basquete e tênis e um circuito de Fórmula 1 não se mexem e têm dimensões oficiais. Um mar, não. Cada dia é um dia, cada onda é uma. E se o mar estiver uma lagoa, não se pode adiar uma final, e todos lá, surfistas brasileiros, havaianos, australianos, disputando marolas. Quem conhece, ou já praticou, concorda que o surfe é um esporte de muitas variáveis: vento, tamanho, formação e velocidade das ondas, tipos de prancha, de praia, de chão. Absorvido por tantas informações, um surfista pode se ausentar de todo o resto. Alienar-se, diziam antigamente.

No palanque, para a entrega de prêmios, um clima maneiro 68. Sérgio Grando, prefeito de Floripa, é do antigo Partido Comunista. Chamou os surfistas de "companheiros". Ouviu um "Yeah!" da massa. O patrocinador declarou que doaria alimento não perecível à campanha do Betinho. "Yeah!", a massa aprovou. No alto-falante, Janis Joplin entoava *Try just a little bit harder*. As garotas usavam cabelos longos, óculos redondos e se cumprimentavam com "Paz e amor"; o baiano Jojó de Olivença, um dos melhores surfistas do mundo, a todos que encontra diz: "Paz." O último estereótipo, o do surfista alienado, foi por água abaixo.

A maior novidade de fim de milênio é que acabaram-se os estereótipos. A imprensa e a publicidade precisam ser avisadas.

Arnaldo Antunes termina o seu novo disco *Nome* com a música *Agora*. Diz a letra: "Já passou, já passou, já passou..." Entre um já passou e outro ouve-se "paz". Minha interpretação: agora, já passou, paz. Ou: agora que já passou, paz. Arnaldo saiu dos Titãs, correu todos os riscos, gravou um disco entre o pop e o experimental. Deve ter passado muitas noites em claro, olhando o céu de São Paulo e se perguntando: "Você saiu dos Titãs?!", para depois, já passou, paz. Os homens crescem, os surfistas mudam e a Lusitana roda. O país mudará, pode apostar.

ACHO GRAÇA QUANDO USAM ASTROS PARA EXPLICAR TUDO

"Drogas, tô fora. Saí pra comprar e já volto!" Fui comprar um gnomo e já voltei. Neste momento, ele está sentado na minha estante de livros com os olhos cravados nos meus e um sorriso sacana. É o meu canto preferido da casa. Tenho, agora, de reparti-lo com esse monstrinho. Continuo esperando ele se levantar e sair dançando, pulando de autor em autor, rodopiando sobre Walter Benjamin, sapateando em Adorno, tropeçando em Platão, para se esborrachar em Freud. O que é isso? Gnomos não existem.

Muitos amigos, conhecendo meu severo materialismo, ceticismo absoluto, têm tentado por anos a fio me convencer de que Deus existe, tarô tem fundamento, gnomos são seres elementais que habitam as florestas, e que eu tenho ascendente em Touro. Soube que Plínio Marcos virou especialista em tarô. Me explica, Plínio, o que está acontecendo?

Uma amiga tem uma livraria no shopping mais badalado de Jundiaí. A venda de livros está péssima. Vagou uma loja na frente. Ela montou um armazém: gnomos, cristais, incensos, tarôs, I Ching etc. Está ganhando mais dinheiro do que com a tradicional livraria. Vende cerca de 30 gnomos por dia. Febre! Me contou que muitos empresários têm comprado os bonecos para trazer bons fluídos aos negócios.

Acredito que é uma forma disfarçada de brincar de boneca. É um trauma infantil. Aqueles que têm irmãs ou priminhas sabem do que estou falando. Na infância, assim como as meninas invejavam nossos carrinhos, nós não podíamos nos aproximar de suas enigmáticas bonecas, senão seríamos acusados de veadagem apesar de nos sentirmos atraídos por aquela representação articulada do universo dos adultos; que garoto não ficou tentado em levantar a sainha da Barbie (a original) para ver o que é que a boneca tem?

Livreiros, as verdadeiras almas do mercado, costumam sugerir que eu escreva livros esotéricos. O que escrever? "Em busca do gnomo perdido"? "A origem do homem de Touro"? "Grande sertão: tarô"?

Está difícil entender o mundo. Até que tento, me enfurnando em bibliotecas, devorando teóricos, superestimando o pensamento; colocar o homem acima da moda, valorizar a vida ante a morte, bonecos de pano, não esquecer, jamais, das experiências vividas. Seria mais confortável acender um incenso e jogar um tarô. Mas não consigo. Tenho vontade de rir toda vez que alguém explica as transformações do mundo através da disposição dos astros. Substituem os livros expostos nas minhas livrarias por elementais das florestas. Paciência.

O DIA QUE O MASP PEGOU FOGO

Shhh! Tudo indicava que aquela sexta-feira seria apenas uma sexta-feira ensolarada, como tantas, se um pequeno inseto nunca tivesse nascido.

12h35. Cenário: Restaurante do Masp. Para registrar a sua homenagem ao bicentenário da morte de Mozart, o quarteto de cordas, no fundo do salão, começou a tocar um conhecido concerto. A obra refletia graça, timidez e inocência. O fato de estarem num museu, almoçando, trazia paz aos comensais, mais que isso, orgulho por pertencerem à espécie humana, espécie esta capaz de criar obras de arte como as expostas ao redor. Era unânime a sensação de equilíbrio no ar.

No entanto, o acaso é elemento da história. Uma abelha pousou na mão do violinista. O inseto himenóptero apídeo atrapalhou o andamento desta que é considerada uma das maravilhas do conhecimento humano, a música de Mozart. Seu pouso ocorreu justamente no instante de um solo sublime, tirando a concentração do músico que, surpreendentemente, desafinou!

Uma professora aposentada de piano, conhecedora profunda da música de Mozart, engasgou ao escutar tamanha infâmia e teve um pedaço de linguiça preso em sua garganta. Sem ar, começou a tossir e a balançar os braços para chamar a atenção de um garçom que, prontamente, largou a bandeja no canto da mesa e foi acudi-la. O centro gravitacional da bandeja manteve-se em equilíbrio no ar, até as forças da natureza agirem, fazendo-a cair no chão, dando origem a um barulho que assustou a cozinheira, que derramou a frigideira cheia de óleo no fogão. Uma labareda impiedosa subiu ao teto e iniciou imediatamente a combustão do mesmo.

Envergonhada por ter sido imprudente, a cozinheira, apesar de notar a chama se alastrando, fez que não viu e voltou a cozinhar, ao mesmo tempo que a ex-professora, envergonhada por ter engasgado escandalosamente no meio do salão, o que foi motivo de riso dos presentes, levantou-se e foi ao banheiro, ao mesmo tempo que o violinista, envergonhado por ter desafinado, deu as costas para a platéia, aproveitando o momento para esmagar a abelha com a mesma mão que cometeu o crime de desafinar num solo de Mozart. Se a vergonha não fosse um sentimento presente naquele restaurante, a catástrofe que parou São Paulo não teria início; a chama percorreu o caminho das telas expostas no andar superior.

ANDAM DIZENDO QUE NÃO VAI DAR EM NADA, NADA, NADA...

Ouvi dizer que não vai dar em nada. Como não vai dar em nada?! Estão dizendo, por aí, que não vai dar em nada. Quem está dizendo, por aí? Eu ouvi. De quem? Tem gente dizendo isso. Isso o quê? Que não vai dar em nada. Em nada?! É. Mas e as provas? Dizem que não provam nada. Mas são provas. São só provas, e daí? As provas provam tudo. E daí? Se as provas provam, é porque existem indícios. Indícios não são certezas. Mas as provas indicam certezas. Que não provam nada. Provam tudo. Quem garante isso? Eu garanto. E quem você pensa que é?! Eu?... bem, eu... sou um pedaço do todo. Mas não é o todo; o todo quer que as provas não sejam provas. Não é o todo que quer que as provas não provem, são alguns. Alguns que desejam o melhor de todos. Quem garante isso? Eu. E quem é você? Eu não votei nele. Eu sei que não votou, eu também não votei. Por que, então, esta sua irritação?! Porque o homem é culpado! De onde você tirou isso? Das provas! Tudo bem, tudo bem, digamos que ele seja culpado. Estamos começando a nos entender. Mas e daí que ele é culpado? Se é culpado, tem de pagar pelo que fez. Por quê, só porque é culpado? Já não é o suficiente? Não. Como não?! Não, ele é o homem, eu sei que você não votou nele, eu também não votei, mas muitos votaram, e ele não pode ser culpado. Só porque votaram nele? Não, mas porque ele é o homem. Mas mesmo o homem pode ser condenado. Claro que não! Claro que sim! Claro que não, imagine o que pode acontecer se ele for condenado?! Não vai acontecer nada. Vai acontecer de tudo, vai ser um desapontamento, ele foi eleito, foi o primeiro a ser eleito depois de décadas, o que é pior, desacreditar o sistema porque um homem errou? Mas foi o homem que errou, tem de servir de exemplo, tem de ser o primeiro inocente ou culpado. Ninguém é inocente, você é? Eu?.. É, você não é, te conheço bem, você também já fez das suas, já aprontou por aí... Mas eu não sou o homem. E nem votou nele. Talvez tenha votado. Ah!... estamos começando a nos entender, votou ou não votou? É, está bem, na última hora, acabei votando nele. Então? Votei com medo do outro, votei, está bem, votei, e daí, ele é culpado e eu não tenho nada com isso. Nada?... Você votou nele, não previu que isso pudesse acontecer? Claro que não. Claro que sim, falavam, nas ruas, do caráter do homem, dos seus vícios, da sua imagem construída... Está bem, confesso, eu também sou culpado, tudo porque tive medo do outro e votei no homem. É bonito ver alguém admitindo sua culpa. Mas ele foi longe. Todos foram longe, faz parte do sistema, ou você acha que se o outro tivesse chegado lá não iria também longe? Ele exagerou. Quem garante isso? As provas. Voltamos às provas, que não provam nada. Provam que ele é culpado. Quem está dizendo isso? Eu ouvi por aí, que provam tudo. Mas não vai dar em nada. Como não vai dar em nada?! Estão dizendo. Eu não acredito! E quem é você? Eu?... está bem, confesso, eu não sou ninguém.

PARA MILICO, HOMOSSEXUAL VAI DAR PRO INIMIGO

O Brasil não foi descoberto, mas encontrado. Isso é significativo. Os navegadores não partiram à caça de novas terras, mas procuravam um original caminho para as Índias. Encontraram, boiando, no meio do caminho, este continente varonil. O Brasil não foi descoberto, foi encontrado boiando.

E ainda contamos piada de português; não se deveria fazer piada de quem sabiamente se livrou do Brasil há mais de 150 anos.

A Argentina invadiu o Brasil. "Querem roubar nossas praias", confabulou a mídia. "Querem roubar nossas mulheres", disse o povo. "Querem nos entupir de alfajores", disse alguém. Os campos de pouso sofreram pesado bombardeio, inutilizando a frota de F-5 e Mirages da Força Aérea Brasileira. O porta-aviões *Minas Gerais* foi a pique após ser alvo de um Exocet. A hidroelétrica de Itaipu, ponto estratégico, foi tomada pela infantaria argentina. As tropas de um comandante veterano das Malvinas atravessaram a fronteira gaúcha. Encontraram forte resistência dos soldados brasileiros.

Nas cidades, a luta foi casa a casa, corpo a corpo. No campo, entrincheirados, os argentinos conquistaram um estratégico posto de observação. Tudo porque, sob fogo cruzado, um oficial brasileiro se rendeu. Levantou os braços e gritou: "Cruzes, não atirem! Eu me rendo, seu horrendo!"

O moral da tropa ficou abalado. Ao que tudo indica, tal oficial é homossexual. O porta-voz do Ministério do Exército, em nota oficial, declarou: "Cansei de avisar que a postura dos homossexuais é absolutamente incompatível com a formação exigida pelas Forças Armadas. Poderemos perder a guerra por causa de... uma bichona! Foi o Clinton quem inventou a moda."

Tempos de paz. A estrada Bandeirantes, última palavra em tecnologia de estradas de rodagem, que liga São Paulo a Campinas, diminuiu o fluxo de veículos que congestionava a Anhangüera. Pereira, homossexual, estudante da Unicamp, continua fazendo uso da Anhangüera para voltar para São Paulo. "Por que não vai pela Bandeirantes?", perguntou um anjo. "Em Jundiaí, na beira da Anhangüera, tem um quartel do Exército. Sempre tem uns recrutas pedindo carona. Já transei com alguns."

Tempos de guerra de guerrilhas (1970). A repressão tem notícia de uma nova organização atuando no eixo Rio–São Paulo: Vanguarda Popular Revolucionária (VPR). Consta que um de seus quadros é o capitão Lamarca, o homem mais procurado do país. Tal organização é responsável pelo roubo de mais de dois milhões de dólares do cofre do ex-governador de São Paulo, Adhemar de Barros. Cabo Anselmo, agente infiltrado, envia o último relatório. "A organização é liderada pelo comunista Hebert Daniel." Hebert era homossexual. A VPR foi a organização que mais trabalho deu à repressão. Poucos sobreviveram.

Na Segunda Guerra, oficiais negros americanos só comandavam soldados negros. "Um soldado branco não obedeceria a um negro e a anarquia seria instaurada." Neste final de século, para a grande maioria, um homossexual é ainda um deslumbrado que desmuncheca, se maquia e sai por aí gritando "cruzes!", oferecendo sua bunda ao inimigo. "O tempo não pára", cantou um homossexual. Errou. No Brasil, o tempo engatinha. O general Gilberto Serra, porta-voz do Exército, disse, recentemente, em nota oficial, "que a postura dos homossexuais é absolutamente incompatível com a formação exigida pelas Forças Armadas".

AO COMPLETAR 18 ANOS, BOICOTE O SERVIÇO MILITAR

Em Altamira, Pará, o homem mais rico da cidade, dono de postos de gasolina, fazendas, retransmissora de rádio e TV, me disse, com orgulho, que seu filho prestava serviço militar no Batalhão de Infantaria da Selva da região: "É pra ele virar macho."

Tive azar. Completei 18 anos em 1977, ditadura militar ainda, afrouxada pela política de abertura de Geisel. Nas ruas, estudantes universitários "baderneiros manipulados por organizações marxista-leninistas" enfrentavam a polícia pedindo anistia e fim da ditadura. Fui lá, na rua Tutóia, às 6 horas, manhã fria, cumprir meu dever cívico: me alistar no maldito cujo.

Às 7 horas, portões fechados e nós, cerca de 500 jovens, esperando a vez. Começaram as humilhações. Soldadinhos e suboficiais faziam piadas a nosso respeito. Nos obrigaram a dar 10 voltas, correndo, no campo de futebol. Pediam cigarros, documentos, jogavam carteiras longe e riam. Quem reagisse, quem desobedecesse, quem protestasse, "não vai escapar". Tensão no ar. Não se podia olhar pros lados, conversar. Qualquer merdinha fardado, garoto como nós, tinha o poder de mudar nossas vidas; nos obrigar a servir o Exército.

Depois de flexões, barras etc., nos levaram para uma quadra de futebol, onde nos obrigaram a tirar a roupa, na manhã gelada de um inverno paulista. Corpinhos esquálidos, puberdade, pálidos, arrepiados, tremendo de frio, encostados num paredão, rezando para "se livrar" do Exército.

Os soldadinhos avisaram: "Quem tiver o menor pau vai pegar Exército." Surgiu uma régua. Mandaram medirmos o pau congelado do companheiro ao lado. A régua passou de mão em mão. Medíamos e gritávamos: "Cinco centímetros, senhor." Riram das nossas medidas. Apontaram, comentaram e mais piadas infames. Deram a ordem: "Em fila indiana. Vamos. Mais juntos. Encosta mesmo!" Ficamos em trenzinho. Um dos fardados gritou: "Quem ficar de pau duro vai pegar Exército." Jogamos futebol americano. Nos dividiram em equipes de dez. O menorzinho foi a bola. Cada equipe, de um lado da quadra, disputava o menorzinho, agarrando-o e passando-o para o companheiro. Ninguém venceu o jogo.

Ainda nus. Os primeiros espirros. Nos dividiram por categoria escolar. Primeiro de um lado, segundo do outro. "Você aí", um oficial me perguntou. "Sou universitário." Me olharam como seu eu tivesse dito que era parente de Trotsky. O mesmo oficial gritou: "Tá fodido!"

Naquele ano corria um boato de que os milicos estavam querendo melhorar o nível da corporação, nossas gloriosas Forças Armadas. Mas um médico sensível ao meu passado comprometedor carimbou meu passe para a liberdade. Foi um dos dias mais felizes da minha vida.

SER DEFICIENTE É PRIVILÉGIO
DE SER DIFERENTE

Uma cena usual no dia-a-dia de um "parampa" (que é como os paraplégicos paulistas se denominam, melhorzinho que o metálico "chumbado", termo preferido pelos cariocas): num estacionamento, esperando o manobrista número um trazer o carro, se aproxima o manobrista número dois, olha minha cadeira de rodas, o horizonte, e pergunta na lata: "Foi acidente?" Olho rápido para a rua e devolvo: "Onde? Algum ferido? Melhor chamar uma ambulância! Vocês têm telefone?"

Outra cena: numa fila de espera, se aproxima um sujeito, aponta a cadeira de rodas e diz: "É duro, né?" Minha resposta: "Não, é até confortável. Quer experimentar?" Mais uma: uma criança brincando pelos corredores de um shopping me vê na cadeira e pergunta: "Por que você está na cadeira de rodas?" Devolvo: "Porque eu quero. E você, por que não está na sua?" Já vi crianças me apontando e dizendo para os pais: "Quero uma igual àquela!" Quando o pai vem se desculpar (e não sei por quê, vêm sempre se desculpar), eu logo interrompo: "Compre logo uma para ele." Sem contar os incontáveis comentários tipo "Tem que se conformar", "O que se pode fazer?", "A vida tem dessas coisas..."

Peculiar curiosidade essa de saber se um paraplégico é um acidentado ou "de nascença". À beira da piscina de um hotel, lá vem o hóspede. Pára ao meu lado e solta um "Foi acidente?". Antes que eu exibisse minha grosseria e impaciência, ele foi avisando: "Sou ortopedista. Costumo operar casos como o seu. Aqui na região, há muitos motoqueiros que se acidentam..." Entramos numa conversa técnica que até poderia ren-

der se ele não dissesse, me olhando nos olhos: "Jesus cura isso aí."
Antes que eu perguntasse o endereço do consultório desse Jesus, ele continuou: "Você pode não acreditar, mas já o vi curando muitos igual a você." "Eu não quero ser curado. Eu estou bem assim" costuma ser minha resposta que, se não me engano, é verdadeira.

Aliás, Paulo Roberto, paraplégico, professor de filosofia de Brasília, anunciou seu novo enunciado: "Nós não devemos ser curados. Seria um trauma maior que o próprio acidente. Não conseguiríamos reconstruir uma terceira identidade. Não saberíamos administrar nossa falta de diferença. O homem cultural, diferente do homem natural, é aquele que constrói a si próprio, pelo respeito ao que se possa ter de igual e de diferente." Foi minha última e definitiva revelação nesses 13 anos de paraplegia. Se alguém me ouvisse, um dia, nas ruas do centro, dizendo a mim mesmo "Que sorte ter ficado paraplégico", não acreditaria. Mas eu disse: "Conheço um mundo que poucos conhecem. Sou diferente. Sou um privilegiado."

PARA QUE SERVE O SEXO, PERGUNTAM ESPECIALISTAS

É evidente que o sexo é tema corrente na enumeração dos grandes mistérios da natureza humana. Recentes pesquisas comprovam a inexistência de outras espécies que tenham criado mecanismos que tornem a reprodução tão complexa: manuais, tabus, apetrechos e utensílios, tais como afrodisíacos, bolinhas mágicas, anéis de cobre, lubrificantes, modelos plastificados dos membros em ação, sem contar a vasta indústria que incrementa a fantasia sexual do homem, como telefones, vídeos, revistas e bailes de carnaval.

O sexo está presente em todos os elementos que compõem o nicho da espécie humana, seja em anúncios de cigarros e bebidas, com modelos reproduzindo, no ato de fumar ou beber, as complicações e os efeitos do sexo oral, seja em formatos pênicos e vaginais de produtos do uso domésticos, como canetas esferográficas, palhas de aço, jarras, cabos de panelas, rolos de macarrão e embalagens de desodorantes, dentifrícios e detergentes.

Muitas atividades do cotidiano do homem estão impregnadas de sentido e gestualidade erótica: colocar uma fita de vídeo no aparelho ou uma tampa numa caneta, enfiar uma panela no forno, limpar uma torneira, fechar gavetas, passar batom, enfiar a chave na fechadura. Gestos como levantar a antena do telefone celular, segurar o rodo ou engatar a marcha são inequívocas transferências do desejo sexual latente.

E se a constituição da inteligência se dá através da palavra, o que dizer de expressões como esquentar o motor, molhar as mãos, abrir a geladeira, chupar o sorvete, picar a cebola, atirar o pau no gato, lamber o pirulito, lambuzar-se de doces, meter a moeda, trepar na escada, enfiar uma bolacha, comer a banana e gozar da minha cara?

Segundo a OMS (Organização Mundial de Saúde), entre os extremos do planeta, 100 milhões de casais fazem amor no intervalo de um dia. São 100 milhões de camas rangendo e de vizinhos irritados com o barulho. São, aproximadamente, 200 milhões de orgasmos, 400 milhões de pernas se entrelaçando e trilhões de espermas em movimento por dia. O que leva o homem a cometer tamanho desgaste se, está comprovado, o sexo não se presta apenas à reprodução? Na próxima semana, continuamos com mais um episódio da série "Mistérios da natureza humana".

O QUE NÃO SE FAZ POR UMA ALGEMA?

O mais revelador nas recentes pesquisas do comportamento sexual das mulheres é que uma considerável porcentagem delas fazem amor por pena. Pena?! Lá vamos nós, investigando os mistérios da natureza humana.

"Tadinho... Está bem, vamos lá de novo, na velha cama, a velha pose e que velha mentirinha. Me deito, me abro e pode fazer, vai, tudo bem, eu espero. Ai, ai... Apertou o ritmo; deve estar acabando. Aiii, aiii... Gostou? O que foi? Te adoro, por quê, não deu pra perceber? É claro que você é o homem da minha vida... É claro que você é o melhor de todos... O Betinho? O Luizinho? Ora, já faz tanto tempo, sossega, meu leão, naquela festa eu estava alta, naquela viagem eu estava maluca, e se olhei aquele cara, na fila do cinema, é porque ele é interessante, você não repara nas mulheres interessantes? Você está com ciúmes do meu passado e não agüenta a possibilidade de eu ter tido outros. Não teve outras? Outra vez... pára, quer parar! Tive, sim, tive vários, ainda bem, e não me arrependo. Foi bom, o Betinho, o Luizinho e outros que você não conhece. Por que você teria de ser o único? Você nem existia, enquanto eu já era crescida! O que está fazendo?! Esta arma não está carregada, está? Vira isso pra lá! Vira! Não! Não atira! Não!"

Quanto uma mulher com pena de seu macho agüenta? Agüenta o aquecimento, o alongamento, o hino, todo o percurso? Comemora no apito do juiz? Pensa no quê, no filme de ontem, no imposto de renda, no jogo do bicho, no Betinho e no Luizinho? Pare, procure a lista, lembre e descubra qual delas teve compaixão, aquela lá? Algumas tinham taras momentâneas que acabaram quando o efeito das emoções se foi. Outras estavam curiosas ou competiam com as amigas; coisas de mulher. Certas umas estiveram, pode falar, apaixonadas. Mas as da pena? Quais? Pense nisso, José!

Metafisicamente, a pena é privilégio de uma insegura que, sob culpa, imagina que seu prazer é resultado não de desejos próprios, mas de investidas indefiníveis do outro, sempre abusador, insistente pecador que, com jogos de palavras da poderosa armação sedutora, engana mil sentimentos e leva para a cama vítimas do caos da psique humana. E quando ela pede para ser amarrada? Céus, este assunto não acaba!

E SE DEUS TIVESSE UMA COLUNA NUM JORNAL?

My dear leitor *teen*. Agora percebo quão excitante é ter uma coluna semanal neste caderno. Posso falar o que quiser, de quem quiser, bem ou mal. Posso lançar profecias, sugerir boicotes, contestar estados sólidos, mentir, corromper-me. É bom lembrar que há um manual. Sempre haverá. Há uma ética jornalística. Há?! Volto a dizer: estou entregue aos mais variados lobbies, dos monopólios aos pequenos comerciantes, para, em prol da minha conta bancária, defender interesses vis.

A história e os donos de jornais foram injustos com os filósofos. E se Nietzsche tivesse uma coluna num jornal da Basiléia? Imagine a crônica: "Deus está morto! Nós o matamos. Somos todos seus assassinos! Não deveríamos nós mesmos nos tornar deuses, para ao menos parecer dignos dele? Seu corpo está sendo velado no Vaticano."

Uma pena a imprensa não ter sido inventada em Atenas, antes da Metafísica. Parmênides iniciaria sua crônica, citando o teorema que leva o seu nome: "O ser é, o não ser não é; deu pra entender? Entender é entender, ora!" E Heráclito, o filósofo do tempo, teria uma coluna meteorológica: "O sol não apenas é novo cada dia, mas sempre novo, continuamente. Porém, amanhã, em Atenas, o tempo estará encoberto, sujeito a chuvas no decorrer do período."

Deus deveria ter uma coluna diária num jornal de circulação universal. Facilitaria muito a compreensão das diferentes interpretações de sua existência, nos indicaria, afinal, o que é certo e o que é errado. Lógico que entraria numa violenta polêmica com um tal Nietzsche que afirmou, irresponsavelmente, num jornal da Basiléia, que Ele estava morto. Esclareceria, também, muitas dúvidas: Cleópatra era lésbica? Novalgina dá câncer? Existe vida em outros planetas? Eram os deuses astronautas? De onde viemos? Para onde vamos? Existe vida após a morte? Elvis morreu? Jesus vai voltar? O Santo Sudário é falso? Mona Lisa era homem?

Poderia também opinar se Pelé era melhor que Maradona, se a Pepsi é melhor que a Coca e se a Antarctica é melhor que a Brahma; aí, sim, "não se fala mais nisso!" Poderia esclarecer alguns crimes, dizer quem matou J. F. Kennedy, quem é o criminoso da rua Cuba, e, finalmente, respondendo às cartas dos leitores, poderia esclarecer, de uma vez por todas: Você, Deus, é brasileiro?

Conheça mais sobre nossos livros e autores no site
www.objetiva.com.br
Disque-Objetiva: (21) 2233-1388

IMPRESSÃO E ACABAMENTO:
YANGRAF Fone/Fax:
6195.77.22
e-mail:yangraf.comercial@terra.com.br